今野 敏

デビュー

実業之日本社

実業之日本社文庫

目次

嘘は罪？

1

赤坂のホテルの、華やかなパーティー会場だ。しかし、出席者の服装は、どれも正装とは言いがたい。

スポーツジャケットに派手なシャツ。スカーフかアスコットタイでも巻いていればいいほうだ。

ジーパンにスニーカーという手合いもいる。むしろ、そういう服装の客が多い。

その代わり、壁際には、とびきり豪華な花が並んでいる。いずれも、テレビ局やレコード会社、メーカーから贈られたものだ。

正面には『高梨美和子（たかなしみわこ）・デビュー記念パーティー』という大きな看板がかかげられている。

三十センチばかりの高さのステージがあり、そのまえで笑顔を振りまいているのが、高梨美和子だった。

彼女は実際は十九歳になるが、身長が一五〇センチしかなく、丸顔で童顔のため、どう見ても十六、十七にしか見えない。

プロフィールには十七歳と発表されていた。デビュー時にふたつくらい年齢をごまかすのは珍しいことではない。

右に分けて、肩のあたりで切りそろえたくせのない髪。あどけない笑顔、天性の明るさは、アイドルなどうんざりするほど相手にしているマスコミ・芸能関係者にも新鮮な魅力を感じさせた。

「ジロちゃん、ジロちゃん」

マネージャーの岡田二郎(おかだじろう)は、肩を叩かれて、振り返った。

三流芸能誌の記者、井原(いはら)だった。中年太りの酒呑みだ。すでに、できあがっている。

「あ、井原さん。本日はお忙しいところをどうも……」

「いいって、いいって……。ね、ところで、いいじゃない、あのコ、なかなか。ね、ちょっと紹介してよ」

(おまえさんのところは、もうじき廃刊になるんだろう?　紹介したいのは、他にたくさんいるんだよ)

岡田二郎は心のなかで、思いきりそうののしっておいてから、笑顔で言った。

「喜んで……。どうぞ、こちらへ……」

岡田二郎は井原を正面のほうへ連れて行った。

「美和子、美和子……。あ、ちょっと、すいません。あ……、高見プロデューサー。お世話になっております。え？　スケジュール？　まだ、ガラガラです。よろしくお願いします。おい、美和子……。あ、ちょっと、失礼……」

こういうパーティーでは主人公の周囲はたいへんなありさまだ。ふだん世話になっているテレビ、ラジオのプロデューサー、ディレクターが主人公を取り囲んでいるのだ。

「あ、ちょっと失礼します。何ですか、マネージャー……」

「ちょっと紹介しておきたい人がいる。井原さんといってな……」

雑誌名は濁した。

高梨美和子はにっこり笑って頭を下げた。

「いやあ、どうも。困ったことがあったらね、どんどん私に相談しなさい。こう見えてもね、この世界が長くてね」

「ありがとうございます」

「うん、それからね、これ、名刺だけどね……」

「あ、美和子、作曲家の井上鏡四郎さん、紹介しておくね」

「え……」

「いや、あのね、ジロちゃん。ほら、ボクの名刺……」

「すいません、井原さん。あらためまして、また……。美和子、こちらが井上鏡四郎さん」

美和子はふりあおいだ。それくらいに背が高かった。

黒いタキシードを着ている。場所をわきまえることのできる常識人に初めて会えたような気がして、美和子はほっとした。

「タキシード、おおげさですか？」

よく響く声で井上鏡四郎が言った。前髪が長く、少し右目にかかっている。その眼はとても優しく、知性を感じさせる。

「いいえ」

美和子はほほえんだ。「よくお似合いですわ」

もうひとり、タキシードを着ている男に気づいた。

だが井上とはまったく違うタイプだ。体格がひどくいい。身長はそれほど高くないが、全身の筋肉がよく発達しているのがわかる。

一目で無口なタイプとわかる。

　こちらもタキシードとボウタイがよく似合っている。

　どこか陰を感じさせる男だ。誰とも話をせず、水割りのグラスを口に運んでいる。

　井上がその男に気づいて手を振った。彼は、にこりともせず、グラスを上げてみせた。

「あのかたは？」

　美和子が井上に訊いた。

「『殴られ屋のサム』……」

「え……。あの人が！」

「驚いたな……。知ってるのかい？」

「ええ……。ハリウッドでは伝説的なスタントマンですから……」

「そうか。ロサンゼルスに住んでいたことがあると言っていたね……」

「はい。三年ばかり……」

「そう。あの男が『殴られ屋のサム』――長谷部修だ。皮肉なもんだ。ハリウッドへ行けば、有名プロデューサーたちがこぞって、パーティーを開いて彼を招きたがる。でも日本じゃ、彼はほとんど知られておらず、テレビの特撮ものの仕事をもらって暮らしている」

「へえ……」

「よ、美和子。元気そうだな」

なれなれしく声をかけてきたのは、作詞家の久保勲(くぼいさお)だった。彼女のデビュー曲を手がけてから、すっかり旧知の仲のような態度を取っている。

三十三歳になるというのに、派手な緑色のジャケットに、ツータックのだぼだぼした綿パンをはいている。

眼鏡(めがね)のふちが黄色のプラスチックで、いやらしい。

「どうも、久保センセ」

「そのセンセってのやめてよ。勲くんでいいからさ」

「いえ、そんな……。ちょっと失礼します」

「あ、どこ行くの……?」


「何時まで続くの?」

控え室でふたりきりになると、美和子は岡田二郎に尋(たず)ねた。大人っぽい口調だった。

こちらが本当の彼女なのだ。

「九時までだよ。デビュー曲を歌って終わりだ」

「わかったわ……。でも、困った人たちね……」

「これが日本の芸能界というところだ。どうだ、やっていく自信はあるか？」

「きわめて興味深いわね……」

「十七歳でカリフォルニア大バークレー校を卒業し、十九で理論物理学と哲学の修士号を取った天才少女には簡単なことかもしれない……」

「しっ……」

美和子は人差指を唇に当てた。「それは絶対に秘密よ。アイドルのあたしと学者のあたしは別人でいたいの」

「だいじょうぶ、わかっている。さ、パーティーに戻らないと……」

岡田がそう言ったとき、パーティー会場が騒然となった。

「何だろう……？」

ふたりは会場へ急いだ。

一カ所に人だかりがしていた。

「何があったんです？」

岡田二郎が同じ事務所の人間に尋ねた。

「二郎か……。見ろ」

テーブルとテーブルの間の床を指差した。

人が倒れているのが見えた。服装で誰かわかった。井原だった。

井原と同じ出版社の立花(たちばな)が様子を見ていた。彼は言った。

「死んでる……」

2

警察がやってきて、パーティー出席者全員の氏名、住所、勤務先、年齢などのリストを作り始めた。

鑑識課員が、遺体の写真を撮っている。

「つまらないパーティーが続くより、刺激的よね……」

美和子はそっと岡田マネージャーに言った。

「不謹慎だぞ。人がひとり死んでいるんだ……。殺されたのかもしれない。いや、おそらくは殺人事件だ」

「どうしてそう思うの？　突然死というのが日本でははやっているんでしょう？」

「だって……。警察が、全員の身もとを調べている……」

「当然の手続きなんじゃない？」

「じゃ、君は、病死だと思うのか？」

「そうね、今のところ、可能性としては、病死、殺人、自殺、それぞれの可能性が、三十三と三分の一パーセントずつね……」

彼女は、ゆっくりと会場を見回した。さまざまな人がさまざまな反応を見せている。いちばん蒼くなっているのは美和子の事務所の社長だ。このパーティーの主催者なのだから当然だ。

「ね、直観の論理って知ってる？」

美和子が声をひそめて、再び岡田に言った。

「知らないよ……」

「人間が何かを認識したとき、その原因と結果を見通しているという論理よ。例えばね、刑事は、第一印象で犯人がわかっているものだというの。難しいのは、それをいかに証明するかということなわけ」

「それで、君はこのパーティー会場のなかに犯人がいないかどうか見回してるわけか？」

「そんなんじゃないわよ。好奇心に素直に従っているだけ」

そのとき、会場のなかで大声がした。

「なんじゃい、おどれら」

赤ら顔ででっぷりと腹の出た男が警官にかみついている。その男は、髪をオールバックに固め、高級そうなダブルのスーツを着ているが、首が太く下品さを隠しきれないタイプだった。

男はさらにわめいた。

「何の権利があってこのわしに足止めくらわしとるんじゃい。そのへんの暇人といっしょにすなや。おい、小野里！　何とかしたらんかい！」

小野里というのは、美和子の事務所の社長だ。

美和子は岡田に尋ねた。

「どうしてあんな人がパーティーに紛れ込んでいるの？」

「日本では大きな催しをやるときに、いろいろと挨拶をしなければならないところがあるんだ。芸能関係のイベントは特にそういうことがうるさい。そういうのを仕切ってるのがああいう連中なんだ。あの人は、栗園さんといってね、そういう事務所の社長さんなんだよ。最近ではテレビ関係のプロモーションにも力を持っている。アメリカ育ちの君にはわからないだろうがね……」

「わかるわよ。アメリカだってショー・ビジネスの多くをマフィアが握ってるわ。一流のマフィアはあんなに下品じゃないけどね……」

「こら……。栗園エンタープライズの社員にでも聞かれたらどうするんだ……」

美和子は肩をすぼめた。

警官と小野里がしきりに栗園をなだめている。

美和子は栗園の態度をじっと見つめていた。ぽつりとつぶやく。

「あの人が一番落ち着きがないわね……。初めての土地に放された犬みたい」

「ん……？　何か言ったか？」

岡田が訊いた。

「えー！　ヤダー！　コワーイ！　美和子、ワカンナーイ！」

「そうそう。そうやってろ」

岡田がしかめ面をして言った。

作詞家の久保勲が寄ってきた。

「美和子ォ。たいへんなことになったなァ。でも、心配ないよ。オレがついてるからね」

「ありがとう。たのもしーい」

「よしよし」

会場内で二度目の騒ぎが起きた。

「知らないよ」

度を失った大声だった。「俺はそんなもの知らない！」

叫んでいるのは、死んだ井原と同じ出版社の立花だった。

「彼は？」

美和子がまた岡田に尋ねる。

「井原さんと同じ会社の立花さんだ」

「同じ会社？　ずいぶん感じが違うのね」

立花は四十歳前後だが、スマートで、グレーのソフトスーツを粋に着こなしている。いかにも女性にもてそうなタイプだ。

その彼が、目を大きく見開き、完全に混乱しきっていた。

制服警官と刑事らしい男が両側から立花の腕をつかんで、会場の外へ引っ張って行った。

美和子は、また会場のなかを見回した。そこで彼女は、ちょっとした違和感を感じた。

3

市ヶ谷にあるレコーディングスタジオで、美和子はアルバムの録音をしていた。

作詞はデビュー曲と同じく久保勲だが、新作の作曲はすべて井上鏡四郎が担当していた。

アレンジもすべて井上鏡四郎が手がける。

すでに、オケと呼ばれる伴奏のほうは録音が終わっている。あとは、美和子のボーカル・ダビングをして、トラックダウンをすればレコーディングの作業は終わる。

トラックダウンというのは、二十四チャンネルのマルチテープから二チャンネルのステレオ・テープに録音し直すことをいう。

最近は二十四チャンネルでは足りず、マルチ・レコーダーを連動させ、四十チャンネル、あるいは四十八チャンネルに録音することも珍しくない。

スタジオには、美和子、マネージャーの岡田、作詞家の久保勲、作曲家兼アレンジャーの井上鏡四郎、レコード会社のディレクター、原盤制作権を持つ美和子の事務所のディレクター、ミキサー、サブミキサー、計八人がいる。

決して狭くはないスタジオだが、それだけ人がいると、たいへん混雑した感じがする。

きょうはまだいいほうだ。

アイドルのレコーディングとなると、たいていは、CM関係の代理店とかスポンサーなどが用もないのにやってきて大きな顔をする。

音楽関係者が一番嫌うのが、このスポンサーたちだ。

ミキサーが一曲目をプレイバックして、曲のバランスを取る。マルチのテープに録音されているバラバラの音源をひとつの音楽としてまとめる作業だ。

マルチ録音の場合、一つのチャンネルには原則として一つの音しか入っていない。

例えば、ドラムのスネアの音だけとか、シンバルだけといった具合だ。

だから、ドラムセットだけでも四チャンネルから六チャンネルが必要となる。

ギターだけが入っているチャンネルもあれば、シンセサイザーだけが入っているチャンネルもある。

中にはギターの残響音だけが入っているチャンネルなどもある。

それらのエコー成分やボリュームを調節してまとまった曲にするのがミキサーの仕事だ。

一応バランスが取れると、美和子がスタジオ・ブースに入って、ヘッドホンをかけた。

トークバックのスイッチを押して、スタジオ・ブースのなかの美和子に、ミキサーが指示をする。

「Aがオケ、Bがドンカマ、Cにピアノのメロが入っていて、Dが自分の声」

ヘッドホンに流れるモニターのつまみを指定しているのだ。

Aのつまみで伴奏全体のボリュームが調節できるという意味だ。ドンカマというのは、リズムマシーンの拍子、ピアノのメロというのは歌の代わりに入れてあるピアノのメロディーラインのことだ。

原盤制作のディレクターが、トークバックのスイッチを押して言う。

「じゃあ、一回流すから、軽く歌ってみて」

「はーい」

明るく、わざとらしいくらいかわいらしく美和子が返事をする。

レコーディングの指揮を執るのは原盤制作のディレクターだ。レコード会社が原盤制作権を持っていない場合、レコード会社のディレクターは、現場の指揮ではなく人と人との交通整理といった役回りになる。

音楽が好きだからという理由でレコード会社に就職したりすると、人間関係のストレスでひどい目に遭うことになる。

かといって音楽が好きでもないのにレコード会社の社員がつとまるかというと、これも難しい。

スタジオ内に大きなスピーカーからエイトビートの曲が流れ始める。

十六小節のイントロ――スネアのエコーが心地よい。ギターのフレーズに、複雑にシンセサイザーの音がからむ。

かすかに、シンセサイザーによるストリングスが響いてきて、曲を上品なものにしている。

イントロの終わりに、十六分音符が連続して、ドラム、ギター、ベース、ピアノがすべてユニゾンで動くキメのフレーズがある。

井上鏡四郎のセンスには定評がある。知性と教養を感じさせるセンスだ。

力を抜いた感じで美和子が歌い出す。

「いいな、この感じ」

井上が言う。「こういうフランクな感じで三本くらい重ねると面白いな……」

「じゃ、次、録音しちゃう？」

原盤制作ディレクターが言う。

「うん。どんどん録っていこう」

最近のレコードで、ボーカルが一本だけ独立して入っているというのは演歌くらいのものだ。

たいていは、同じ声が何本か入っている。ユニゾンで歌っているときもあれば、本人の声でハーモニーを作っている場合もある。

井上が言ったのは、そういう意味だ。

レコーディングは快調に進み、午前一時ころ、その日の予定を終了した。

原盤制作のディレクターと、レコード会社のディレクターが引き揚げていった。

ディレクターたちといっしょにミキサーも引き揚げる。

「ね、美和子、食事いかないか？」

久保勲が言った。「オレ、車で来てるからさあ。ポルシェなんだけど……。こいつがよくガソリンを食ってね……」

まあ、よく食べるのは持ち主といっしょね。見て、そのおなか！

心のなかでそうつぶやいてから美和子は言った。

「ごめんなさーい。美和子ね、もう眠いの」

「すいませんね」

岡田が助け舟を出した。「明日の朝、早いですし……」

「そう……」

ちょっと傷ついたような顔をしてみせ、久保は帰って行った。

スタジオには、美和子と岡田、井上鏡四郎とサブミキサーが残った。

サブミキサーはスタジオの職員なので、みんなが帰ったあと、すべての電源を落として最終点検をしなければならないのだ。

井上鏡四郎が言った。

「ゆうべはたいへんだったね」

「そう」

岡田が言った。「参っちゃいますよ。デビューのパーティーであれですからね……。波乱ぶくみの船出ですよ」

「けっこう美和子くんには似合っているかもしれない」

井上は美和子のほうを見て、意味ありげとも見える笑いを浮かべた。

美和子は何も感じないふりをして、ただ笑い返した。

美和子は思った。まさか、私の正体、見破ってはいないわよね……。

井上は岡田のほうに向き直って言った。

「知ってるかい？　立花さんが、井原さん殺しの容疑で逮捕されたって話……」

「え……？　新聞にはそんなこと出てなかったですよ……」

「容疑が固まるまで発表を見合わせているらしい。どうやら麻薬がらみらしいんでね」

「麻薬……？」

「井原さんの死因は、薬の量を間違えたためのショック死らしい。もともとああいう体格だからかなり心臓もくたびれていたらしいんだけどね……」

「……で、何で立花さんが……」

「パーティー会場で、所持品を調べたろ。あのとき、立花さんがヘロインを持っていたらしい。ビニール袋にほんの少しだったらしいがね……」

「何でまた、そんな……」

「井原さんが立花さんの弱味を握ってたんだそうだ」

「ちょっと待ってください。井上さん、何でそんなこと知ってるんですか？」

「この世界、秘密なんて持てないんだよ。あんただって知ってるでしょう。いろいろなところからニュースが入ってくる。バンドマンや雑誌記者、歌手、マネージャー、スタジオのミキサー……。それに、テレビ、ラジオのディレクター」

「そうですね……。で、井原さんが握ってた立花さんの弱味って……?」

「女性関係だったという噂だね……」

「女性関係……?」

「立花さんはあの年で独身だったんだよ。確か今年で四十になると言ってたな……。だけどついに相手を決めたらしい。これがとんでもない逆玉でね――」

逆玉――つまり、逆玉の輿というわけだ。

「家電メーカーの社長令嬢という夢のような話だ。もっとも、まだまだ新参の小規模な会社らしいけどね……。これがまた、若くて美人で、立花さんは有頂天だったらしい」

「あ……。その話なら知ってます。有名でしたもんね……」

「ところが、だ。あの年まで独身だったんだ。立花さんにもいろいろあったろう。けっこう派手なほうだったからね。実は、隠し子がいたというんだ。銀座でホステスをしていた女性に産ませたらしいんだがね」

「本当ですか?」

「知らないよ、本当かどうかなんて――。あくまでも噂だからね……。でね、井原さんはそれを知っていたらしい。相手も、子供の居場所もね……。井原さんは、それをもとに立花さんをユスっていた。それが動機だというんだ……」

「へえ……」

「井原さんは金に困っていたらしい。ほら、あそこの雑誌、もうじき廃刊になるだろう？　井原さんは芸能界でのうのうと生きてきたタイプの人だ。今さら、他の部署へは行きたくない。それで、独立して編集プロダクションを作る準備をしていたんだ。そのために、かなり借金があったらしい」

「ちょっと、井上さん。詳し過ぎやしません？」

「もちろん、少しは僕の推理も入っている。だが、何より熱心な取材の結果さ。いや、取材というより捜査といったほうがいいかな？」

「妙なことに興味を持つんですね……」

「知らなかったのかい？」

「何をです？」

「僕は音楽家より、推理作家になりたかったんだ」

「今の話も創作ですか？」

「いや」

井上は真剣な表情で言った。「あくまでも噂を集めたのだが、決して想像じゃない」

そして、彼はその真剣な眼差しを美和子に向けた。

美和子はじっと井上の話を聞いていたのだ。つい、話に引き込まれ、天才の頭脳を働かせていた。

はっと気づいて美和子は笑った。

「ヤダ。井上さん、何だかコワーイ！」


帰りの車のなかで岡田が言った。

「あの立花さんがねえ……」

彼がハンドルを握っている。車はシーマだ。もちろん会社の車だ。後部座席で美和子がつまらなそうに言う。

「そんなはずないでしょ……」

「そう……。ホントに。そんなはず……。え……？」

思わず岡田は美和子のほうを向きそうになった。

「ちゃんと前を向いて運転してくださいな」

「今、何てったの？　そんなはずないって……？」

「そうよ」

「どうして？　パーティー会場で動かぬ証拠をおさえられてるんだよ。聞いてたろ？　ポケットにヘロインが入ってたんだよ。それに、立派な動機もある。井原さんにユスられてたんだ」

「ほ、ほう……」

関心なさげに美和子は言う。

「あ、またそうやって人のことばかにしている。どうせ俺は三流……、いや四流か五流の大学の出身だよ。しかも浪人して入ったんだ。大学ではマージャンしか覚えなかったし、理論物理学修士の君とは……」

「誰もそんなこと言ってないでしょう」

「いや、そういう眼を、君はときどきするんだ。今だってそうだ」

「被害妄想」

「あ、難しい言葉使ったな。漢字を四つも使った」

「なにいじけてるのよ」

「証拠があって、動機がある。なのに、どうしてそんなはずない、なんて言うんだ？　考えてごらん。井原さんにとって立花さんは、恰好のユスリの的だった。付き合っている娘さんの家は大金持ちだ」

「会社の社長と言っただけよ。大金持ちとは言ってないわ。特に新興の会社は先行投資の回収も進んでいないはずだから収益率はそれほどよくない可能性があるわ。自分の家や土地まで担保に入っているかもしれないわね、その社長さんのお宅……」

「アイドルがそういうこと言うの、カワイクないなあ……」

「今はね、アイドルの時間じゃないの」

「じゃあ、ポケットのヘロインは？」

「それこそ立花さんが犯人でない証明のようなものだわ」

「どうして」

「あなたね、もし、殺人を計画するとして、現場で証拠となるもの、いつまでも持ち歩いたりする？」

「そりゃそうだが……」

「絶対に理不尽よ」

「だがね、人間というのは、そういった理不尽なことを繰り返して生きていくんだよ」

「あら、詩人だこと……。でも、計画的な犯罪においては、あり得ないわ」

「じゃ、ポケットにヘロインがあったのはどういうわけだ？」

「警察の眼を引くために、誰かがそっと忍ばせたのね。あのパーティーの最中なら、誰でもやれたわ」

「つまり、立花さんを犯人に仕立てた――罠をかけたんだ、と……？」

「おりこうさん」

「いったい誰が？」

「そうね……。例えば、栗園……」

「おい」

なぜだか、反射的に岡田はブレーキを踏んでいた。「滅多なこと言うなよ。まったく、寿命が縮まるよ……。あの人だけは敵に回したくないからね。本物のヤーさんだぜ、あれ」

車はまたスピードを上げた。

「ヤクザならヘロインを手に入れるのも、それほど難しくないんじゃない？」

「……美和子……」

岡田が声のトーンを落とした。

「なあに？」

「パーティーの会場で、直観がどうの、と言ってたな……。よくわからないが、その直観とやらで、栗園さんが怪しいと思っているわけか?」

「半分正解」

「半分……?」

「そう。怪しいと思ってるわけじゃないの」

彼女はにっこりと笑った。「犯人だと確信してるの」

4

翌日は朝から、テレビのバラエティーショーの録画があった。

録画が終わると、美和子は岡田にテレビ局中を連れ回された。挨拶回りだ。

新人のアイドルは楽ではない。

年間、二、三百人のアイドルがデビューして、その年のうち、生き残れるのはその一割、翌年も活躍できるのは、さらにその一割と言われている。

美和子は笑顔を作るのにくたびれ果ててシーマに乗り込んだ。むっつりとした顔でノートを取り出し、何か書き始めた。

「何やってんだ？」

岡田は尋ねた。

「ストレス解消」

岡田はノートをのぞき込んだ。

$$l' = l\sqrt{1-\left(\frac{v}{c}\right)^2}$$

という数式がまず書かれ、それに従って彼女は何かを計算し始めた。

「何、それ？」

「ローレンツ収縮……」

岡田はそれ以上の会話をあきらめた。

車をスタートさせる。次はレコード会社の宣伝マンと合流してラジオ局回りだ。

レコード会社に近づき、信号待ちで車が止まったとき、美和子がぱっと顔を上げた。

岡田はびっくりした。

「どうした？」

「ね、あたし、パーティーをめちゃめちゃにされたわけよね？」

「ああ？」

「デビュー記念という一生に一度しかない大切なパーティーを！」

「ゆうべの続きか……」

「決めたわ」

「何を？」

「あたし、栗園のやつを警察に逮捕させてみせる」

「ばかなこと言ってんじゃないの。警察に通報でもするっての？　警察ってのはね、証拠がないと何も信じてくれないの。それにね、へたなことすりゃ、名誉毀損でこっちが訴えられるんだよ」

「警察に通報するなんて言ってないわ」

「何だって……？」

後方からクラクションの音が響いた。

信号が青に変わっていた。岡田はあわてて車を出した。

「今夜のレコーディングにも、井上さん、来てくださるわよね？」

「そりゃ、来るが……」

「彼なら、味方にしてもいいわ。あたしの秘密を話してもいい。もっとも、うすうす感づいているみたいだけど……」

「冗談じゃない！　ゆうべ、彼がぺらぺらしゃべりまくるのを目撃しているだろう」

「あら、気づかなかった？　彼は、あたしに聞かせるためにわざとしゃべったのよ」

「何のために？」

「あたしの反応をさぐるためじゃないかしら……」

「とにかく、そんなことは……」

「だめ！」

美和子は岡田をさえぎった。「契約のとき言ったはずよ。あたしのワガママは認めるって。わかってるでしょう。あたしは、決めたことは実行するの」

岡田は沈黙した。美和子は甘えたように付け加えた。

「ねえ、いいでしょう。絶対、危ないこと、しないから」

岡田は溜め息をついた。


「ええと、その、つまり……」

井上鏡四郎は何と言っていいかわからなくなった。

レコーディングが終わったあと、話があると言って、シーマに乗ってもらったのだった。スタジオを出て、適当なところに駐車して、今、岡田が美和子の素顔について話し終えたところだった。

井上は、運転席の岡田と助手席の美和子を交互に見ながら言った。

「いや……。ただのアイドルじゃないなと睨んでいたんだが、僕の想像をはるかに超えていたというわけだ……。まいったな……。それで、また、どうして僕に本当のことを話すことになったんだい？」

「あなたが秘密を守れる人だと思ったことが理由のひとつ」

美和子が言った。

「ほかにも理由があると……？」

「パーティー会場での殺人について、いろいろ情報をくれたお礼という気持ちもあります」

「ほう……」

「井上さんは、あの殺人事件の犯人、本当に立花さんだと思いますか？」

「いや」

「やっぱり……」

「警察もそうは思っていないようだ。警察も決してばかじゃない。容疑者として立花さんの名を発表しないのはそのためだ」

「それじゃ、どうして――」

岡田が言った。「どうして警察は立花さんを釈放しないのですか？」

「犯人を安心させるためじゃない？」

美和子が言った。「そうやって本当の犯人がボロを出すのを待っている……。まあ、立花さんのポケットから麻薬が見つかったのは事実だし、警察としても、きっと苦しいところよね……」

「そう……」

井上は考えながらうなずいた。「違法ぎりぎりの捜査というやつだ。早いとこ犯人が現れないと、警察だって立花さんをいつまでもおさえてはいられなくなる……」

「だから、犯人をいぶり出してやろうと思ってるんです」

美和子が言った。井上は美和子を見つめて言った。

「何だって……？」

それから岡田を見た。岡田はただかぶりを振っただけだった。

美和子が井上に言った。

「腕に自信、あります？」

「残念ながら、そうでもない」

美和子は岡田を見た。

「この人も、あまり頼りにはならない、と……」

「悪かったね！」

「腕っぷしの強いやつをどうするつもりだ？」

「あたしのボディガードをやってもらうんです」

「そいつにも、君の秘密を教えなきゃならんな……」

「そう。だから、信頼できる人じゃなくちゃ……」

「うってつけのやつがいる。長谷部修だ。『殴られ屋のサム』だよ。彼は小さな頃から空手をやっていてな……。彼の流派始まって以来、初めて皆伝をもらったという化け物だ」

美和子はうなずいた。

「彼なら信用できそうね……」

井上は自動車電話に手を伸ばした。

「この時間なら、まだ寝ちゃいないはずだ」

呼び出し音三回で相手が出た。

これから、三人で長谷部修のマンションへ行って話をすることになった。

　長谷部修はひとり暮らしだった。四十五歳になるが、二十年前に一度結婚に失敗して以来、ひとりで生活しているという。

　井上が話をすると、長谷部は、美和子を一瞥し、岡田に言った。

「なぜ俺が彼女を守らなくちゃならんのだ？」

　愛想のかけらもなかった。

「いえ……。ですから、あくまでもお願いということで……」

　長谷部は美和子を見すえた。

「なぜ、俺にあんたの秘密など教える気になった？」

　美和子がこたえようとした。だが、長谷部修は、こたえを要求しているのではないようだった。すぐに井上に視線を移した。

「なぜ、俺に、真犯人が立花という男ではないなどとしゃべった？」

「それは……」

「ちくしょう……。きたねえな……。俺がそういう話に弱いの、知ってやがったな……。そういう話を聞くと、いてもたってもいられなくなるのを計算の上でここへ来たんだな……」

美和子と岡田は顔を見合わせていた。

「そうだ」

井上が言った。「俺たちはあんたの力が必要だったんだ。長谷部修の——『殴られ屋サム』の力が必要だったんだ」

「盛り上がってきやがったな」

長谷部がにやりと笑った。「さあ、教えてくれ。俺たちの敵は誰なんだ?」

5

美和子の口から栗園の名を聞くと、さすがに井上と長谷部も顔色を変えた。

井上は訊いた。

「そいつは確かなのか?」

「証拠は何もないわ」

「それじゃあ、どうしようもないじゃないか……」

「穴からいぶり出してやるのよ。狐みたいにね」

「どうやって……？」

「この業界の最大の武器、噂を利用するのよ」

「噂……」

「そう。あたしが、殺人現場を見たという噂を流すの。もちろん、栗園が犯人だということを知っている、とね……」

「うまくひっかかるかな……？」

「だいじょうぶ。犯罪者というのは手負いの獣みたいに、おびえ、いら立っているわ。罪を犯したという思いが、トラウマ——つまり心の傷になっているのよ。噂を聞いて平気でいられるなら、栗園は犯人じゃないわ。でも、きっと、じっとしていられなくなるはずだわ」

「ちょっと待てよ！」

岡田が言った。「おまえさん、危ないことはしないと言ったろう。それは充分に危ないことじゃないか？」

「そのために、長谷部さんに協力をお願いしたのよ」

岡田は長谷部に言った。

「本当にだいじょうぶでしょうね？」

長谷部は不機嫌そうに言った。

「……だといいがな……」

噂はあっという間に広がった。テレビ局、レコーディングスタジオ、ラジオ局などなど、芸能界の関係者が顔を合わせる場所は多い。

遊び場も芸能人や業界人が行くところはだいたい決まっている。

そして、彼らは職業柄、噂話が大好きなのだ。自尊心が強いから他人のことが気になってしかたがないのだ。

テレビ収録のあと、時間が空いたので、美和子は事務所でしばらく休憩を取ることにした。このところ、長谷部修がいっしょに行動している。

不審に思う連中もいるだろうが、背に腹は代えられない。美和子の身に何かあるより、勘繰られるほうがまだまし――マネージャーの岡田はそう判断したのだ。

美和子と長谷部は応接室でくつろいでいた。

そこに岡田が飛び込んできた。

「栗園から電話が来た！」

美和子は落ち着き払って尋ねた。

「何だって言ってきたの？」

「この先、コンサート・ツアーなんかもやることになるだろう。そのときの手伝いをさせてもらいたいので相談したい――こう言ってきたんだ」

別におかしな話ではない。美和子の事務所が栗園エンタープライズにプロモーション・フィーや手数料という名目でまとまった金額を支払い、興行の際のごたごたを処理してもらうのだ。

ビジネスとしては、この他、テレビの番組をおさえる依頼をすることもできる。

「それで、こっちから会いに来いというの？」

「それがしきたりなんだよ」

「それで、いつ行くことにしたの？」

「これからすぐ来るように、とのことだ」

美和子は長谷部の顔を見た。

長谷部は言った。

「井上に連絡してくる。いざというときに、すぐ警察に手配できるように……」

「やだなあ、俺……。妙なやつのマネージャー、担当しちゃったよなあ……」

岡田が言うと、美和子はぐっと顔を近づけた。

「文句言わない！　出世できないぞ」

栗園エンタープライズは、有名なわりには小規模な会社だった。マンションの部屋をふたつ合わせて事務所として使っている。

二ＬＤＫの部屋だ。一部屋が社長室兼応接室になっている。

美和子たちはそこを訪ねたが、すぐに栗園社長が別の場所を用意してあると言って移動した。

六本木のホテルのスイートルームだった。

栗園は長谷部が同行することについて何も言わなかった。長谷部は日本ではあまり顔を知られていない。栗園も長谷部のことを知らないようだった。

部屋に入ったとたん、続き部屋のドアを開けて、人相の悪い男たちが入ってきた。手にビデオ機材と照明器具を持っている者もいる。

「何ですか、これは……」

岡田が言った。

栗園は本性を現した。下品な笑いを浮かべると言った。

「保険だよ。美和子はずいぶんと余計なことをしゃべって歩いているようだ。これ以上、おかしなことを言いふらさんように、ちょっと人前に出したくないようなビデオを撮ろうというわけだ」

「ワンパターン」

美和子が言った。栗園が顔色を変えた。

「何やて！」

「ヤクザは頭が悪いから、考えることがワンパターンだと言ったの」

「こいつ……。いてもうたれ！」

栗園は興奮すると関西弁になるタチらしい。

暴力専門家たちがずいと前に出てきた。五人いる。

長谷部がふらりと歩み出た。全身がリラックスしている。わずかに膝を曲げて、男たちに対してはすになる。

「何だ、おまえ」

チンピラのひとりが、無造作に長谷部の襟首をつかもうとした。

長谷部はその手を払った。と思うと、体を沈めて相手の膻中（胸骨の急所）に、正拳を叩き込んだ。

鍛えに鍛えた正拳突きだ。相手は二メートルも後方へ吹っ飛び、倒れたまま動かなくなった。

一瞬、部屋のなかが凍りついた。

「野郎！」

次のチンピラが殴りかかった。長谷部は、チンピラがパンチを繰り出すより一瞬早く前蹴りを発した。胸板に蹴りが炸裂し、肋骨の折れる感触が伝わった。

ふたり同時につかみかかってきた。

長谷部は、片方の側頭部に回し蹴りを見舞った。その男は、崩れるように真下に倒れた。本当に強力な技が決まったときは、相手はその場にすとんと落ちるように倒れる。

もうひとりは長谷部の肩口をつかんでいた。長谷部は相手が引くにまかせ、その力を利用してふところに飛び込んだ。肘を相手の脇腹に突き立てる。

相手は悲鳴も上げず崩れ落ちた。

その間、数秒だった。残ったチンピラは完全に戦意を失っていた。

そのとき、ドアを激しく叩く音がした。

「開けろ！　警察だ！」

美和子は岡田にめくばせした。岡田は栗園の様子をうかがいながらドアに近づいた。ドアを開ける。

警官数名と、刑事ふたりが踏み込んできた。そのうしろに井上鏡四郎が立っていた。

彼はVサインを出して言った。

「ずっと車であとをつけていたんだ」

レコーディングスタジオでは、みんなが新聞をのぞき込むようにしていた。

井上が代表して記事の説明をした。

「パーティーの途中、栗園は井原さんをトイレに呼び出し、薬を注射した。以前から、そういう付き合いがあったらしい。だが、このとき違ったのは薬の量が異常に多かったということだ。パーティー会場へ戻ってすぐ、井原さんはショックを起こして死ぬ。栗園は注射器をトイレで処分して会場へ戻り、立花さんのポケットにヘロインをすべり込ませる……」

「動機は？　なぜ栗園は井原さんを殺したんだ」

ミキサーが尋ねた。井上がこたえる。

「井原さんは独立の件で莫大な借金をしていた。その金を貸したのが栗園だったのさ。だが返済のメドがつかなくなった。栗園は井原さんに生命保険に入らせた。そして殺人事件で井原さんに死んでもらうことにした。保険金で借金の清算をさせようとしたんだな」

「なんてやつだ……」

作詞家の久保がうめくように言う。井上が言った。

「ヤクザなんて、みんなこんなもんさ。人の命より金が大切なんだ」

「まったくおそろしい話だ」

久保は美和子のほうを向いて同意を求めた。

「ねえ、美和子ちゃん」

高梨美和子は、にっこり笑って言った。

「エーッ？　美和子、難しいこと、ワカンナーイ」

ラヴ・フォー・セール

1

六本木の裏通り。

六本木交差点を中心とする、あの年中縁日のような喧騒からすれば嘘のような、まるで打ち捨てられたような細い通りだ。

その路地に面した小さなビルの地下に、ジャズ・バー『ゼータ』があった。

グランドピアノがあり、その周囲にカウンターをつけた、いわゆるピアノ・カウンター席、それに、入口に近いバー・カウンターだけの小ぢんまりとした店だ。

六本木にあって、大学生のような子供が入ってこないのは珍しい。

この『ゼータ』は古い店で、マスターの禅田――通称、ゼンさんや、馴染みの客の雰囲気が、子供たちや一見の客を拒否するのだ。

新参者や、大騒ぎをしたい客には鼻持ちならない、そして、昔ながらの粋な遊びを知っている連中にとっては心地よい、文字どおりのクラブなのだ。

九時を過ぎているが、客は、井上鏡四郎と長谷部修のふたりだけだ。

弾き語りのピアニストがいるが、ふたりとは古い付き合いだ。マスターのゼンさんも、仕事を忘れて、カウンターのなかから、会話に加わっている。

もっとも、しゃべっているのは、もっぱらピアニストとゼンさんで、井上鏡四郎と長谷部修は、聞き役だ。

特に長谷部修は、たくましい体を窮屈そうにかがめ、カウンターにおおいかぶさるような姿勢で、じっと酒のグラスを見つめているだけだ。

井上鏡四郎のほうが、にこにこと相槌（あいづち）を打っている。

そのうち、興に乗って、井上がピアノに向かった。

見事なタッチで、ジャズのスタンダード・ナンバーを弾き始める。

『酒とバラの日々』『アズ・タイム・ゴーズ・バイ』『星影のステラ』……。

井上鏡四郎は軽やかに、次々と曲を奏でていく。

彼は多忙な作曲家、兼アレンジャーだ。演奏が本職ではないが、リラックスしたときには、こうして人前でピアノなどを弾くことがある。

長谷部修は、じっと苦悩かあるいは救い難い淋しさを、グラスのウイスキーのなかに溶け込ませようとしているかのようだった。

彼は常にストレートで飲む。

アメリカに長く滞在していたことがあり、そのとき以来の習慣だ。

長谷部修は、盛りを過ぎたアクション・スタントマンだ。今年で四十五歳になる。

アメリカでの呼び名はサム・ハセベ——ハリウッドあたりでは今でも引っぱりだこの有名スタントマンだ。

サム・ハセベがロサンゼルスに着いたとたん、ハリウッドじゅうにそのニュースはまたたく間に広まり、有名な監督やプロデューサーが自宅でパーティーを開いて彼を招こうとする。

だが、日本では使い道のあまりないアクション・タレントのなれの果てに過ぎない。

彼は擬闘の振り付けを食い扶持としている。たまには、自らがカメラのまえに立つことがあるが、そういうときには、たいていグロテスクな——あるいは滑稽なぬいぐるみを着ている。

若いころに、全日本の空手選手権で優勝した実績があり、今でももちろん、体を鍛えている。

空手三段以上の実力は今でも保っている。それもアメリカで鍛えられたすこぶる実戦的な空手だ。

アメリカの連中は、口より拳を信じる。撮影現場でも、とにかく実力がなければ、話も聞こうとしない。

特に、長谷部は日本人なので、有形無形の差別にあった。相手を圧倒することでのし上がったのだ。

何よりも、アメリカの男たちは、開拓時代からの伝統で基本的には腕っぷししか信用しないようなところがあるのだ。

井上鏡四郎は長谷部修とはまるで対照的な容貌をしている。

たいへん背が高く、すらりとしている。

その眼はたいへん理知的で、理性的な人間だけが持ち合わすことができる優しさを感じさせる。

井上鏡四郎と長谷部修は、何度かパーティーなどで会い、お互いに虚飾の世界にうんざりしている気配を察知し合い、いつしかいっしょに飲み歩くようになった仲だった。

『ゼータ』のゼンさんが、ふたりの共通の知り合いだというのも、ふたりが知り合ってからずいぶんたってわかったことだった。

彼らが『ゼータ』に出入りするようになったのは、決して偶然の出会いではなかった。

趣味のいい男たちは、どんなにタイプが違っていても、互いに呼び合うものなのだ。

男が女性にひかれ、女性が男に興味を覚えるのとは少し違う、わずかに緊張をはらんだ快い共感だ。

井上鏡四郎は、つぶやくような感じで『アイ・レフト・マイ・ハート・イン・サンフランシスコ』のメロディーを弾き始めた。

右手だけの単音で一音一音確かめるように弾き始める。

左手がパターンを奏で始めると、一転して力強いコードが顔を出した。

ナインス、イレブンス、メジャーセブンといったモダンジャズ的なコードが適度に顔を出す。

演奏は、徐々に盛り上がっていった。

突然、出入口のドアが開いて客が入ってきた。

「営業はやらないったって、限度ってものがあるでしょうが」

入ってくるなり、そんな声が聞こえた。

店のなかの四人はいっせいに、その声のほうを見た。

客はふたり組だった。

片方は、アイドル・タレントの高梨美和子だった。

もうひとりは、マネージャーの岡田二郎だ。

『ゼータ』にはとうてい似合いそうにない客のようだが、ゼンさんや、ここにいる常連は、美和子を、ある種の尊敬と賞讃をもって迎えた。

彼女は、このクラブの客として、とっくに受け入れられているのだ。

ここにいる人間は、皆、彼女の秘密を知っているからだ。

高梨美和子の秘密を知っている者は、日本ではここに集っている連中と、事務所の社長くらいだ。

美和子は、持って生まれた優雅さで常連たちに挨拶すると、カウンターのスツールに腰を下ろした。

「岡田さん」

岡田二郎があわててそのとなりにすわろうとする。

そのうしろに井上鏡四郎が立っていた。

岡田二郎はあわてて振り向いた。井上は美和子をはさんでひとつむこうの席を指差した。

「そこは僕の席なんだ」

「あ、井上さん。こりゃ、失礼」

席を移ると、岡田二郎は、となりの美和子を、説得し始めた。

「どんなタレントだって、営業はやるんだよ。プロモーションだと割り切ればいいじゃないか」

美和子は、昼間のアイドルの仮面をすでにこの店に入った瞬間に脱ぎ捨てていた。うるんで輝く美しい瞳（ひとみ）で、岡田を見る。自然と流し目になっている。いつもいっしょにいる岡田がどぎまぎするほどの色香を感じさせた。清楚（せいそ）な顔立ちなので、そのアンバランスがなおさら魅惑的だった。

「最初の契約よ。出版権その他で生ずる利益は事務所のもの。あたしは給料をいただく。その代わり、いわゆる営業と呼ばれる仕事はしない」

「いいかい。芸能事務所なんてのは、ある程度は営業で日銭を稼（かせ）ぐもんなんだよ」

「古い。今は権利で稼ぐ時代よ。アルバム、シングル、ビデオ、写真集……。すべての権利を事務所にあずけているんですからね」

「当然だよ。どこのタレントだってそうしている。その上でみんな営業をやるんだ」

営業とこの業界で呼ばれているのは、簡単に言えば、現金稼ぎのための細々（こまごま）した仕事のことだ。

デパートの屋上などでの催し、イベント会場での歌などはまだ華やかなほうで、ベテランの歌手や、売れない演歌歌手などは、地方のキャバレーやクラブを回って稼がねばならない。

いわゆるドサ回りというやつだ。

ゼンさんが、弾き語りのピアニストと目を見合った。ピアニストは、何も言わずスツールから降り立ち、ピアノに向かった。

井上鏡四郎が言った。

「申し訳ないが、ここは、仕事のいざこざを持ち込むような店ではないと思うんだが……」

美和子が上品に振り向いた。さらさらと髪が流れた。

「ごめんなさい」

彼女は言った。「あたしもそう思うんですけど……」

「ちょっとこの話は、今夜中に片をつけておかなければならないんですよ」

「では仕方がない」

井上が言う。「酒場の常識として、その話題を共有させてもらう。いったい何ごとか話してくれ」

美和子は黙って岡田を見た。

岡田はしばし迷っていたが、やがて話し出した。

「うちのブッキング担当の若いのがね、美和子に営業の仕事を受けちゃったんですよ。実を言うと、事務所のミスということなんですがね……」

「そう」

美和子は岡田に向かって言った。「デビューの条件に、営業はやらないというのが入っているでしょう」

「それはわかっているんですよ」

岡田は井上に訴えるように言った。

「その点はあやまると、こう言ってるわけです。ただ事務所の立場として一度受けた営業をそう簡単にキャンセルできないんですよ。そこで、こうして美和子にたのんでるわけです。一度でいいから泣いてくれって……」

「本当に泣くはめになりそうな気がするのよ」

ぽつりとつぶやくように美和子が言った。

岡田、井上、ゼンさんが注目した。

長谷部は、カウンターの上を見つめたまま聞き耳を立てている。

岡田が言った「泣く」というのは、彼らの業界でよく使われる言葉だ。「条件は合わないが、がまんをする」といったような意味合いだ。

美和子が言ったのとはもちろんニュアンスが違う。

「それ、どういう意味です？」

井上が尋ねた。

「どういうって……、言ったとおりの意味。女の直感ね……」

美和子が言うと、井上は岡田に尋ねた。

「どういう仕事なの？　それ」

「ディスコで一日、過ごせばいいのさ。もちろん、何度かお立ち台に立たなきゃならんがね……。楽な仕事だよ」

井上はゆっくりと長谷部のほうを見た。長谷部も視線を上げ、上目づかいに井上を見ている。

岡田がふたりの意味ありげな様子に気づいて尋ねた。

「何です？　どうかしたんですか」

井上が逆に訊き返した。

「そのディスコの名は？」

「『ソドム』」

「やっぱりね……」

井上が言い、長谷部は再び目を伏せた。

「何なの？　井上さん……」

岡田が不安げに尋ねる。

井上が、岡田の顔に指先を向けて念を押すように言った。

「あんたの事務所は、本当に何も知らないでその仕事受けたんだろうね」

「何も知らないでって……」

「あんた、この世界でマネージャーという第一線の仕事やってるわけでしょう。こんなことも知らずによくやっていけるね」

「こんなことって……？」

「『ソドム』ってのは、体のいい顔見せだよ。はっきり言うと、秘密売春組織だ」

「売春……？」

「『ソドム』の会員のなかには、マスコミの有名人とか、政治家、それから不動産で一発当てたような連中が、適度に混ぜてある。そういう連中が抱きたいタレントなんかを店にリクエストするんだ。店は、営業ということでそのタレントを呼ぶ。会員はそのタレントに近づいて、モノにしちまうという寸法だ」

「何でそんなことが認められてるんだ」

「岡田さん。あんた、本当にこの業界の人なの？　今どきね、『ソドム』にだまされて行くタレントなんかいないの。つまり、本当の営業で寝に行くわけ。事務所も見て見ぬふり、むしろタレントを説得して行かせる事務所もある。第一法外な金が手に入るし、そこでできたコネで、そのタレントを売り出すことも不可能じゃない。プロダクションにしてみれば、『ソドム』の客筋はおいしい客筋だからね」

「それに、店では、いちおう間に立たぬたてまえになっている」

ぼそりと長谷部が言った。

全員がそちらに注目した。

「段取りはするがな、最後のつめは、客本人がするんだ。それで言い逃れができるわけだ。自由恋愛はいかなる場合でも罪にはならない。金品のやり取りも、その場では絶対にやらん。後日、営業のギャラとして、ちゃんと伝票起こしてプロダクションに振り込まれる」

「また、美和子ちゃんの直感が的中したというわけだ。そういうわけだから、岡田さん、この仕事は……」

岡田はあわてて言った。

「もちろんです。冗談じゃない！　絶対に断わりますよ」

岡田は美和子のほうを向いた。「安心してくれ！　この話は、きっぱりと断わるから。なに、多少のもめごとは慣れている」

長谷部が再びぼそりと言った。

「『ソドム』は、板東連合傘下の笠井組系松井一家がやってる店だ」

「へ……平気ですよ」

岡田は言った。「何とかしてみせます」

美和子は、唇を噛んで何ごとか考えていた。急に、にっこりと笑うと、彼女は言った。

「そうと聞いたら、この仕事、断われなくなったわね」

2

「おはようございまーす」

スタジオに、美和子の声が響きわたった。

岡田が同時に、周囲のスタッフにぺこぺこと頭を下げて回る。

日曜昼のバラエティー番組だった。一時からの生放送だ。

ディレクターが、台本を丸めて振った。ディレクターは、美和子に、にこやかな笑顔を見せておき、次の瞬間、目の前のADを、丸めた台本でひっぱたいた。

「生番組なんだよ、おまえ。カラオケがなくってどうやって歌わせるんだよ。手配してる？　当たりまえだ、このタコ。俺が言いたいのは、当日までにそういうものは用意しとけってことで……」

見ると、先輩格のアイドルが、マネージャーを蹴っとばしている。

石けんのテレビコマーシャルで、浴衣（ゆかた）なんぞを着て、若いのにおしとやかなイメージがある、と評判の娘だ。

信じ難いような仏頂面でマネージャーに悪態をついている。再びマネージャーを足蹴にすると、ドレッシング・ルームに向かって、すごい勢いで去って行った。

「ちょっと、事務所のミスでカラオケの手配が遅れてね……」

ディレクターが、岡田と美和子のところへ来て苦笑した。「本番までには間に合うと思うんだが……」

美和子は、まるで何もわからないような顔でただにこにこしている。

ディレクターは、岡田に言った。

「じゃ、打ち合わせやろうか」

「よろしくお願いしまーす」

最近は、一時期のように歌謡番組というものがなくなったので、アイドル系歌手は、勢いこうしたバラエティー番組に出演するようになる。

そのうち、アイドルでは売れなかったのに、バラエティーで三枚目をやって売れてしまうケースも出始めた。

いわゆるバラドルと呼ばれる連中だ。芸があるわけではない。ちょっと奇妙なキャラクターを持ち、見た目がよければ売れてしまうのだ。

打ち合わせは、とにかく、適当にインタビューにこたえて、大笑いし、一曲歌えばいいといった内容だった。

楽屋へ引き揚げた岡田は、他に誰もいないのを確かめて美和子に言った。

「アメリカの大学を出て修士まで了えているおまえが、こんな番組じゃ、さぞ情けないだろうな」

「別に……」

美和子は言った。「これが契約ですからね。アイドルの部分はしっかりやるわよ」

彼女はIQが異常に高い、いわゆる天才少女だった。

彼女のような少女には、アメリカの飛び越し式の教育が適していた。

美和子は十七歳でカリフォルニア大バークレー校を卒業し、十九歳で理論物理学と哲学の修士号を取っている。

現在、博士論文をものしようとしている最中だった。

岡田二郎は、さらに周囲の物音に気をつけ、声を落として言った。

「しかしな、あの話は呑めんぞ。マネージャーとして、絶対に許すわけにいかんからな」

「『ソドム』の話？　許してくれなくてもいいわよ。遊びで行くことにするわ」

「冗談じゃない。下心を持った狼が手ぐすね引いて待ってるんだぞ！」

「白馬に乗った王子さまかもしれないわ」

「あのね。王子さまは、こんな卑劣な手段は使わないの」

「黙って見過ごせないの」

「しょうがないじゃないか。芸能界なんだから。持ちつ持たれつってところがあるんだよ」

「あなた、学生の頃とか、アイドルなんかに憧れたこと、なかったの？」

「そりゃあったさ……。でも、今の子供たちはもっと冷めてるよ。アイドルが私生活でどんなことをやってるか知ってるんだ。写真雑誌が一時期、ずいぶんとスキャンダル合戦をやったしな……。だから、今のアイドルは、何というか……、その……」

「記号だと言いたいのでしょう。血の通った人間としてでなく、二次元の世界だけで生きている、テレビゲームのキャラクターみたいな……」

「記号なんて言われたって、わからないけど……。まあ、そんなもんだろ」

「違うわ」

「え……」

「確かに今の子供たちは、芸能界の情報を知り尽くしているかもしれない。でもね、自分の好きな娘だけは別だ、と信じたいのよ。誰でも一度は、スクリーンやテレビのスター、そしてアイドルに本気で恋するのよ」

「だからって何も、おまえが……」

「許せないのよ」

「こういう組織をつぶしてみたところで、またすぐに同じようなものができる。そればかりか、今でも、他の場所で同じようなことがいくらもやられているんだ」

「目のまえに現れたものから、叩きつぶす。そこからでないと何も始まらないわ」

「だが、危険だ」

「井上さんと長谷部さんがついていてくれるわ」

美和子はにっこりと笑った。「そして、多分、岡田さんも。そうでしょ」

岡田は、情けない顔で両手を一度勢いよく振り下ろした。

「まったく言い出したら、絶対に引かないんだから」

ドアがノックされた。

「いいですかあ？」

メイク係が入ってきた。

美和子は、アイドルの顔に戻った。

「よろしくお願いしまーす」

テレビ局での仕事を終え、岡田が運転する事務所のシーマで、美和子は開店まえの『ソドム』へやってきた。

『ソドム』は赤坂のはずれにある。会員制の高級ディスコで、若い子供たちがこないので、芸能人などがよく遊びにやってくる。

スポーツ選手も少なくない。若い客はモデルなどに限られている。外人のモデルも多い。

有名人たちの社交場的な雰囲気がある。

政治家などは、普通のディスコに顔を出せば、明らかに場違いだが、この店では、フロアを通らずに、すぐにＶＩＰルームへ行けるので、まったく気にせず通ってこられる。

政治家や、売れっ子の作家などにしてみれば、ＶＩＰルームの大きなウインドウから、フロアを眺めるのは、水槽を泳ぐ熱帯魚を眺めているような気分だ。

気に入った熱帯魚がいれば、店の者に言って段取りをつけさせる。

前もって、お気に入りを仕入れておくように言っておき、その熱帯魚を本当に見つけたときの嬉しさはひとしおだ。

岡田と美和子はＶＩＰルームに通された。おそろしく金のかかった、しかしどこか下品な部屋だった。

口髭(ひげ)を生やした店長が、こういう業界独特の猫撫(ねこな)で声で応対した。

この柔らかな物腰が、一瞬にして残忍な態度に変わることがあるのを、岡田はよく知っていた。

「お立ち台というのは知ってますね」

店長が言った。

美和子は首をかしげる。

「えー。美和子、わかんなーい」

「フロアのなかの一段高いところです。踊りに自信がある娘とか、グループのリーダー格みたいな人が上がって踊るんだけどね。今夜は、美和子ちゃんに、そこに上がってもらいましょう」

「わー。うれしい！」

「あとは、適当に店のなかで遊んでてくれればいいですから……」

「それだけで、いいんですか？」

岡田が尋ねた。

店長は、美和子に向けていたのとは、別の種類の笑いを岡田に向けた。

凄味のある笑いだ。

「ええ、それだけでいいんですよ。美和子ちゃんのようなコが来てくれるというだけで店が話題になって、ＶＩＰ会員が増えるんですから……」

岡田はＶＩＰ会員の意味をすぐに理解した。売春クラブの会員ということだ。

店長は美和子に言った。

「じゃあ、店が始まるまで、のんびりしてくださいよ」

店長はＶＩＰルームを出て行くとき、親しげに岡田の肩を叩いた。

共犯者の親しみだ。

店長は、岡田が何もかも了解済みで美和子を連れてきたものと思っているのだ。

店長が出て行くと、岡田は美和子に言った。

「なあ、やっぱり……」

美和子は人差指を唇に当てた。

岡田は口をつぐんだ。

美和子は、バッグから小さい紙片を出して、ボールペンで走り書きした。

〈テレビカメラか、盗聴マイク、注意〉

美和子はアイドルの演技を続けていた。

「美和子、ディスコなんて滅多に来ないでしょう？　何だか、わくわくしてきたわ」

そう言いながら、さらにボールペンを走らせる。

〈入って来たのと別の出入口があるかも。さりげなく探ってきて〉

岡田は立ち上がった。

ＶＩＰルームを出ると、すぐに店長がどこからともなく現れた。

「どうしました」

岡田は、悟られぬように一度つばをのんで気を落ち着かせた。訳知り顔で店長に近づき、わざと人がそばにいないのを確かめるふりをした。

「どこから連れ出すんだ？」

岡田は、さもこういうことには慣れているんだ、という態度で言った。「客といっしょに店を出るところなんざ、人に見られちゃヤバイんだよ」

店長はにっと笑った。

「ご心配なく。ＶＩＰルームから直接ＶＩＰ専用駐車場へ行く特別のエレベーターがあるんです」

「見てみたいな」

店長がにわかに警戒心をあらわにした。

「何のために？」

眼が危険な色を帯びる。

「後学のためさ」

岡田は精一杯のポーカーフェイスで言った。「いつかは、俺もそういうのを利用する立場になりたいんでね」

店長はしばらく、値踏みするように岡田を見つめていたが、やがて、また笑顔を見せた。

「いいでしょう。こっちです」

岡田は出入口と反対方向に案内された。廊下のつきあたりに、厚い真紅のカーテンがかかっていた。金の縁飾りがついて、幾重にも重なって垂れ下がっている。

そのカーテンをくぐると、そこに小さなエレベーターがあった。

「なるほど」

岡田はうなずいた。「ちょっと見ただけじゃ、ここにエレベーターがあるなんて誰も思わないな……。だが、駐車場に降りて行ったら、出口がすぐにわかっちまうだろう」

「駐車場に、ちょうど管理人がひとりいられるくらいの小部屋を作りましてね……。もちろん、管理人などいやしません。エレベーターの出入口は、その小部屋にあるんです。誰にもわかりませんよ」

「これなら、人に見られる心配はないな……。ＶＩＰ専用の駐車場に直行だからな」

「そういうことです」

ＶＩＰルームに戻ると、岡田は美和了にうなずいてみせた。

3

井上鏡四郎はジャガーを『ソドム』のある路地に駐めた。

助手席には長谷部がむっつりと腕を組んですわっている。

「警察は手入れしたくてうずうずしてるんだ」

長谷部は言った。「だが、これまで手が出せずにいる」

「今まで告発がなかったからだろう」

「それだけじゃない。会員に政治家がいるからだ」

「日本の警察にどれだけガッツがあるか、賭けてみようじゃないか」

「とりあえず、誘拐と監禁を成立させなきゃならん」

長谷部は付け加えた。「刑法二二五条と刑法二二四条だ」

「妙なことに詳しいのにはいつも感心するよ」

「こう見えても苦労してきてるんだ」

「こう見えても？　おまえさん。苦労が服を着て歩いてるような顔してるんだぜ。知らなかったのか？」

「早く行けよ。マドンナが待ってる」

「詳しい事情がわかったら連絡する」

井上は自動車電話を指差した。

長谷部はうなずいた。

彼は、腕を組んだまま車の外の暗がりを見つめていた。

『ソドム』の正面玄関に近づく井上鏡四郎の姿が見えていた。

「こちらは会員制になっておりまして、会員のかたのご紹介がないとお入りいただけないことになっておりますが……」

正面玄関に立ったタキシード姿の男が言った。

「じゃあ、きょうから会員にさせてもらうよ。聞いたところによると、普通の会員じゃなくて特別な会員もあるんだって」

タキシードの店員は質問にはこたえなかった。

「会員になっていただく場合にも、現在会員のかたのご紹介がないと」

「とにかく入れてよ。なかに必ず知り合いがいるから。そのなかの誰かに紹介してもらうよ」

「いえ……。そういうことは……」

「じゃ、もっと話のわかる人、呼んでもらいたいな」

店のなかから、いくぶんか年上の黒服が姿を見せた。タキシードの着こなしが、こちらのほうが様になっている。

「どうした？」

「あ、マネージャー。こちらのお客さんが……」

マネージャーは、井上を見て、一度眉をひそめると、しかつめらしい表情のまま、慇懃に言った。

「井上鏡四郎さまですね。どうなさいました？」

「ここの会員にしてもらおうと思ったんだけど、紹介がないとだめだそうだな？」

「いえ……。井上さまなら問題ございません。さ、どうぞ、お入りください」

若いほうのタキシード姿の男は、居心地悪そうに言った。

「あの……、失礼しました。有名な作曲家の井上鏡四郎さまでしたか……」

井上は寛容に笑ってみせた。

「気にしなくていいよ。作曲家やアレンジャーの顔なんて、覚えている人のほうが少ないんだから」

暗い照明のなか、ダンスフロアと、お立ち台だけが照らし出されている。

音楽のボリュームはそれほど大きくない。

モデルらしい若い娘たちの、ものすごいミニスカートは目につくものの、下品に着飾った若者はいない。

確かに落ち着いた居心地のいいディスコだ、と井上は思った。

バーカウンターで、ミネラルウォーターをもらうと、ゆっくりと店内を歩き始める。

すぐに美和子を見つけた。

手を上げて挨拶すると、美和子は無邪気に井上のところへ駆けてきた。

世間話をするような様子で井上は、美和子に尋ねた。

「まだお呼びはかかってないようだな？」

「きっと、ＶＩＰルームからじっと見つめてるのね」

「すべては、君が立てた計画だ。僕たちは計画どおり動くだけだ」

そのとき、店長が近づいてきた。

店長は、井上に丁寧に一礼してから、美和子に言った。

「すいません。そろそろ、お立ち台のほうへお願いできますか」

「えー。ホントー？　何だか恥ずかしいッ！」

「だいじょうぶ。一度上がると病みつきになるくらい楽しいですよ」

「じゃ、美和子、行ってくるわね。井上さん、またねー」

美和子は、すそが大きく広がったミニスカートのステージ衣装でお立ち台に上がった。

すでにお立ち台にいた外人モデルが軽蔑したように笑った。

美和子は気にせず踊り出した。

岡田が井上に近づいた。

「井上さん。彼女、本当にだいじょうぶですかね……」

「抜かりはないだろう……。天才少女が計画したことなんだから……。出口は確かめてあるかい」

「ええ。ＶＩＰルームの廊下のつきあたりに、隠されたエレベーターがあります。ＶＩＰ専用駐車場に管理人用の小部屋があって、そこがエレベーターの出口になっています」

井上はうなずいて言った。

「いいかい。タイミングがすべてだ。警察に通報するタイミングが大切なんだ」

「わかってますよ」

「俺は、長谷部に電話してくる」

井上は、公衆電話を探して店内を歩き回った。

電話は、ブースのなかにあった。戸を閉めると多少だが店内の音はさえぎられる。

井上は長谷部に連絡して、秘密の連れ出しルートを教えた。

最後に付け加えた。

「何とか、VIP専用駐車場にもぐり込めないかどうかやってみてくれ」

「わかった」

井上は電話を切った。

電話のブースを出て、またしばらく店内をぶらついた。何人か顔見知りに会って挨拶をした。

店のマネージャーが近づいてくるのに気づいた。

彼は井上の耳もとで言った。

「ドアマンの話ですと、特別会員に興味をお持ち、とか……」

井上は意味ありげに笑ってみせた。

「まあね、男なら誰でもそうだろう」

マネージャーがうす笑いを浮かべた。

「店長が直接相談をうけたまわりますので……。どうぞ、奥のほうへ……」

こいつは渡りに舟じゃないか、と、心のなかでほくそえみながら、井上はマネージャーのあとに続いた。

井上はVIPルームに案内された。店長がいた。だが店長だけではなかった。人相の悪い明らかに暴力の専門家とわかる男がひとり立っている。

そのVIPルームには、窓がなかった。マネージャーがドアを閉め、そのまえに立ちはだかった。

しまった、と井上は思った。

店長はにこりともせずに井上に言った。

「こういう店なもんでね。電話には気をつけているんですよ。密告(チク)る手合いがいたりしますんでね……。あなたのお電話も聞かせてもらいましたよ。いったい、この店で何をやろうというんです?」

井上は自分の甘さをののしった。

「正直に言ってもらわないと、ちょっとつらいことになりますよ」

店長がめくばせすると、暴力専門家がゆっくり近づいた。

一転して素早い動きになり、ボディブロウを見舞ってきた。

井上は腹のなかで何かが爆発したような気がした。一瞬、目のまえが白くなる。

気がついたら両膝をついていた。

井上は後悔した。彼は、長谷部が駐車場に侵入しようとしていることも、この連中に教えてしまったのだ。

長谷部の身も危ない。

いや、それより、井上か長谷部が、美和子の行き先を確認しなければ、計画はすべて無駄になる。

マネージャーが店長に尋ねた。

「高梨美和子の件、どうします。きょうは中止ということに……?」

「ばか言うな。こんなネズミが入り込んだくらいで商売をやめられるか。お客さまが待っておいでだ。そうだな、一応用心して、早目に店から出しちまえ」

井上がうつむいて、唇を嚙んでいた。

4

ＶＩＰ専用駐車場といっても特別な場所にあるわけではなかった。一般の駐車場より奥まった場所にあるのだった。ただ、そこは、表側からは乗り降りする人の姿が見えないようになっている。

長谷部はすでにＶＩＰ専用駐車場にやってきていた。ここまでは何の問題もなかった。

エレベーターの出口をカムフラージュしているという小部屋も確認していた。

あまりにも簡単に侵入できた。むしろ、その点が問題なような気がした。

ＶＩＰ専用駐車場のなかは高級外車の品評会のようだった。

ベンツのリムジンがある。そのむこうで人影が動いた。

長谷部は危険を察知した。

いったい誰が自分を狙っているのか。『ソドム』――つまりは松井一家の連中に違いない。だが、どうして自分の侵入を連中が知ったのか。

そういうことを考えるのは後回しだった。

とにかく、動物的な勘で、身が危険であることだけはわかる。

長谷部は、地下駐車場独特の太い柱を利用して素早く移動していった。敵の数を知るためだ。

長谷部の動きに誘われて、人影が動いた。長谷部は三つの影を確認した。

そこで動きをぴたりと止めた。今度は、相手が動くのを待つ番だ。

近くのポルシェの陰から、男が飛び出してきた。スパナを持っていた。

パンチパーマをかけ、凶悪な面構えをした男だ。

長谷部は、スパナを振り下ろす相手の右手の手首めがけて、上げ受けをした。ただ受けただけではない。自分の外腕を、相手の手首に叩きつけたのだ。

相手の手首がぐしゃりとひしゃげるのがわかった。橈骨と尺骨のつなぎ目の剝離骨折だ。

その男は、くぐもった悲鳴を上げて左手で右手首をおさえた。スパナは取り落としている。

ふと、長谷部の視界の隅に別の人影が見えた。その瞬間、長谷部は反射的に、足刀蹴りを出していた。

今まさに飛びかかろうとしていた相手に、蹴りがカウンターで決まった。カウンターは威力が倍加される。

ただでさえ強力な長谷部の蹴りだ。相手はあばらを何本かへし折られ、たちまち倒れて苦悶した。

そうしておいて、手首を折った正面の敵の顔面に情け容赦ない正拳を叩き込んだ。

相手はそのままのけぞって吹っ飛んだ。歯が宙に放り出された。あおむけに倒れる。

もうひとりがドスを抜いて長谷部と対峙した。

さすがに長谷部も慎重になった。

刃物を持った相手は、たとえ子供でもおそろしい。

そのとき長谷部の背後から、もうひとりの男が近づいた。

長谷部は計算違いをしていた。敵は三人ではなく、もうひとりいたのだ。

その男は長谷部を羽交い締めにしようと、じりじりと近づいて行った。

突然、長谷部の右足が一閃した。

すさまじいうしろ蹴りだった。ちょうど、背後の敵の腋の下に決まる形になった。相手は肩を脱臼していた。

長谷部はそのままスライディングのようにドスを持った男のほうへ飛び込んだ。

ドスを持った男は、完全に不意をつかれた。長谷部は蟹ばさみで、相手の足をはさんで倒した。

すぐさま起き上がると、まだあおむけに倒れている相手の、ドスを持った手を、思いきり踏みつけた。靴の下で骨がくだけるのがわかった。

相手は悲鳴を上げた。長谷部は、サッカーのように、その男の頭を蹴った。男はたちまち眠った。

肩を脱臼した男は、しりもちをついてうめいている。

長谷部は、その顔面にずっしりと体重の乗った回し蹴りを見舞った。

男は一度伸び上がり、あおむけに倒れて動けなくなった。

長谷部は一息つく間もなく、昏倒している四人を隠す作業を始めた。

この連中が倒れているところなど発見されたら、きょうの取引をたちまち中止されてしまうだろうからだ。

男たちの体を駐車場の隅に引きずりながら彼は考えた。

この連中がやってきたということは、井上に何かあったのかもしれない——彼は、いやな予感がした。

美和子は、店のマネージャーが近づいてくるのを見た。

彼は言った。

「ＶＩＰルームに、美和子ちゃんの大ファンがいましてね。ちょっと挨拶をしてくれると助かるんですが」

美和子はにっこりと笑った。

「はい」

岡田が美和子に付いて行こうとすると店のマネージャーが、制した。

「あ、マネージャーさんは、こちらでお待ちください」

いよいよ来たか！　岡田は思った。


美和子を待っていたのは、医者だった。どこかの大病院の院長だという。

「いやあ、本当に高梨美和子だ。美和子ちゃんと本当に遊べるんだね」

「何のことですか？」

美和子はきょとんとした顔をしてみせた。

店のマネージャーと、二人の店員が美和子を連れ出した。

「ちょっと外出してもらうだけですよ。二時間ほどで済むからね」

「でも、マネージャーが……」

「いいから。話はついてるんだから」

エレベーターに乗せられた。

店のマネージャーが医者に言った。

「さ、先生。早く」


岡田は店の電話から一一〇番した。美和子が誘拐されたおそれがある、と強調した。

警察では、この知らせを待っていたのだった。

あらかじめ警察にはことのあらましを話してあったのだ。店の周囲には、覆面のパトカーがいる。

通信指令室からその覆面パトカーに無線で知らせが入った。

長谷部は、井上を助けに行こうかどうか迷っていた。

そのとき管理人の小部屋のドアが開いた。

美和子が店の者三人に連れられて現れた。そのうしろに、中年の男が続いている。

五人は、ベンツのリムジンに乗り込んだ。長谷部は、井上にがまんしてもらうことにした。男の意地を見せるときだぞ！　そう心のなかで呼びかけていた。

ベンツがゆっくりと走り出す。ベンツが駐車場を出たところで、長谷部は猛然と駆け出した。

ジャガーに飛び乗ってエンジンをかける。長谷部は尾行を始めた。

ドアをノックする音が聞こえた。

井上は、殴られることにうんざりしていた。痛みよりもその嫌気のほうが重大だった。

ドアのほうで声がした。

「店長。高梨美和子のマネージャーが密告（チクリ）やがった」

しばらくの間。

「井上さん。そういうことかい……」

また、少しの間があり、店長の声が聞こえた。

「そのマネージャーも引っ張ってこい！」

ベンツのリムジンは青山の高級マンションの駐車場へと滑（すべ）り込んでいった。

長谷部はジャガーを駐めると、そのマンションの玄関に飛び込んだ。

オートロックのマンションで、部屋から開けてもらうか、暗証番号を押さないと、玄関も開かない。

外に出て、マンションを見上げる。

しばらくして、明かりが点った部屋があった。見ていると、その窓に美和子の姿が見えた。

長谷部は美和子の頭の回転のよさに舌を巻く思いだった。彼女は自分の居場所を教えるためにわざと窓辺に立ったのだ。

うしろに人の気配がして、長谷部は、はっと振り返った。

四人の男が立っていた。刑事だった。

長谷部は窓を指差した。

「あそこです」

刑事たちはうなずいた。

「行こう」

彼らは、管理人に玄関を開けさせ、その部屋のドアを叩いた。

ドアが少しだけ開く。

刑事が言った。

「誘拐および監禁の容疑で逮捕します」

美和子が長谷部に向かってVサインを送っているのがすきまから見えた。

井上と岡田は、殴られることの恐怖に縮み上がり、現実の感覚が麻痺（まひ）していた。

ドアが開き、刑事らしい男たちが入ってきても、それが現実のように思えなかった。

刑事が言った。

「高梨美和子さん誘拐、ならびに監禁についてうかがいたいことがあります」

「何のことだ」

店長が言った。

「今、青山へ向かったパトカーから無線連絡がありましてね……。高梨美和子さんは無事保護されました」

井上と岡田は、気が抜けてそのまま気を失うのではないかと思った。

店長は、歯ぎしりをしていた。

「どうして、井上さんや長谷部さんが尾行したり、店に入ったりしなければならなかったんだ？」

岡田が『ゼータ』のカウンターでとなりの美和子に尋ねた。

「証人よ」

「証人」

「そう。井上さんには、確かにあたしが『ソドム』にいたという確認をしてもらいたかった。長谷部さんにはあたしが『ソドム』を出てからどこへ連れて行かれるかの証人になってもらう必要があったの」

「そうか」

井上が言った。「でないと、美和子ちゃんが誘拐・監禁されたことと、『ソドム』を関係づけることはできなくなる」

井上は顔じゅうに湿布やバンソウコウを貼っている。

「そればかりか」

長谷部が言う。「誘拐・監禁を立証することだって怪しくなってくるぜ」

「そうなの。だから岡田さんの通報が必要だったわけ。あの通報は、パトカーへのキューであると同時に、正式な訴えだったわけ」

「だけど今度ばかりは参ったね」

井上が言う。「長谷部。おまえは、こういう暴力には慣れているんだろうがな……」

「本当ですよ」

岡田が言った。「俺、もう二度とこんな危ないめにあうのはいやだからね」

「あら、それって、あたしのせい？」

岡田は情けない顔をした。

「ホントに、どうして俺はこんなコのマネージャーになっちまったんだろう。誰か助けてよ」

悪い遊びは高くつくわよ！

1

倉庫街に、いくつものパトカーのサイレンが響きわたっている。

黒い地味なセダンが猛スピードでカーブを曲がった。タイヤがきしみ、白煙を上げる。ゴムのこげたにおいがする。

黒いセダンは、正面から来た一台のパトカーと正面衝突しそうになった。すれすれでかわした。

パトカーは、そのままスピンして止まった。

セダンの片側の車輪が、勢いよく積み荷に乗り上げた。

そのままセダンはひっくり返って、ルーフをアスファルトの地面にこすりつけた。火花を上げながら、セダンは十メートルほどすべって止まった。

その周囲に次々とパトカーが集まってくる。

覆面パトカーから刑事が飛び出してきて、セダンを取り囲む。

刑事たちは、思い思いの拳銃を抜いて、ひっくり返ったセダンに銃口を向けた。

拳銃は、まるで見本市のようにバラエティーに富んでいた。

警察官の制式拳銃であるニュー・ナンブ・リボルバーを持っている刑事はひとりもいない。

コルト・ガバメントの発達型である、コルト・マークⅣ・ゴールド・カップ・ナショナルマッチ。

陸上自衛隊の制式拳銃である、9ミリ・SIG・ザウエル。

最強のハンドガンといわれるスミス・アンド・ウエッスン・M629・44マグナム。

プラスチックの一体成型という、ハンドガンの新時代を開くきっかけとなったグロック17。

ほとんど骨董品的な価値しかないワルサーP38。

その服装も多彩だった。

ダブルのソフトスーツに、ネクタイと同じ柄のポケットチーフ。

ある者は真紅のスタジアム・ジャンパーにジーパン。

バンダナを頭にかぶって、革のベストを素肌の上に着た大男もいる。

着古した感じのトレンチコートを羽織っている者もいた。

「カット」

スピーカーから声が響き、その場の緊張が一気にほぐれた。

刑事役の俳優たちは、笑顔になり、大声で仲間と談笑しながら、マイクロバスのほうへ歩いていく。

救護スタッフが、ひっくり返った黒いセダンに駆け寄り、ドアをこじ開けようとする。

セダンは撮影用にパイプでルーフが補強してあった。屋根がつぶれて、ドアが開かなくなるようなことはない。

ドライバーは、ヘルメットをかぶり、シートベルトをしっかりと締め、さらにハーネスで、体をシートにしばりつけられていた。

のろのろとそのベルトやハーネスの金具を外し、頭から這(は)い出してくる。

消火器を持ったスタッフが念のために、エンジンルームのあたりに、白い消火剤を吹きかけた。

それをじっと見つめている少女がいた。

まだあどけなさが残る美少女だ。

『遠辰(とおしん)プロ』制作の人気テレビドラマ『刑事の紋章』の撮影は始まったばかりだった。

『遠辰プロ』所属の俳優たちが、それぞれ個性のある刑事に扮している。

　彼らはマイクロバスのなかで一服やっていた。

　主役の園田猛士（そのだたけし）が窓のカーテンを少し開け、外をのぞいた。

　出番を待つ少女の姿が見えた。

　園田は薄笑いを浮かべた。彼は、すぐとなりにいた準主役級の鹿田政男（しかだまさお）に言った。

「今回のお客さんは、あの娘（コ）かい」

「そうらしいな」

「ネンネだぜ。趣味じゃねえな……」

　鹿田政男は笑った。

「趣味だって？　おまえに女の趣味があるのかよ。穴さえあいてりゃ、幼稚園児から六十のババアまでやっちまうくせに」

　園田はカーテンを閉めて、鹿田を見た。

「口が悪いな。フェミニストだと言ってくれよ」

　少女は、デビューを間近にひかえていた。歌手としてデビューするまえに、まず、人気ドラマのゲストとして出演して、茶の間に顔を売っておこうというプロダクションの算段だった。

彼女の名は、立木恵美子。十六歳だった。身長は一五三センチと小柄だ。

彼女が出演するシーンが撮影されていた。

鹿田が、立木恵美子を、悪人たちのアジトから命がけで助け出すという設定だ。

鹿田は、顔にアザのメークをほどこし、血のりを塗っている。

派手な撃ち合いが始まった。

鹿田は、コルト・マークⅣ・オートマチックを撃ち返しながら、立木恵美子をかばうようにして、走った。

鹿田は、片腕を彼女の体に回し、体をくっつけるようにして、敵の追跡をかわそうとしていた。

積み上げられた材木の陰めがけて二人は走った。足もとで、電気仕掛けの火薬が破裂する。着弾のように見せるためだ。

鹿田は、立木恵美子と折り重なるようにして材木の陰に飛び込んだ。

「カット」の声がかかる。

鹿田は下になっている恵美子に声をかけた。

「けがはなかったか？」

「はい。だいじょうぶです」

鹿田は起き上がると、恵美子が立ち上がるのに手を貸した。

彼は、その場を離れ、ディレクターチェアにすわっていた園田に近づいた。

園田は言った。

「なかなかやるじゃないか。いいアクションだったぜ」

鹿田は、園田の耳もとでささやくように言った。

「ネンネだとか言ってたな？」

「何だ？」

園田が訊き返した。「立木恵美子の話か？」

「あっちこっち確かめてみたよ」

「何だ、おまえ。撮影中にそんなことやってんのか？」

「びっくりしたぜ。すごい体をしてる。顔からは想像もできんぞ」

「ほう……」

園田は好色そうな笑いを浮かべた。「そいつは楽しみだな……」

彼は、遠くに立っている立木恵美子を見つめた。

撮影は無事終了した。

赤坂のホテルで軽い打ち上げをやった。

立木恵美子は、マネージャーに耳打ちされた。駐車場にある『遠辰プロ』のマイクロバスのなかで、園田猛士が待っているという。

何が起こるのか、だいたい想像できた。しかし、彼女は行かなければならなかった。

彼女は、パーティーの会場を抜け出して地下の駐車場へ向かった。

そのときにはすでに、鹿田政男を始め、数人の役者が会場から消えていたのだが、誰も気にしなかった。

立木恵美子がマイクロバスに乗り込むと、園田がビールを飲んでいた。

園田がにっと笑った。

恵美子は何を言っていいかわからず、たたずんでいた。

急にドアがしまった。恵美子は驚き、思わず声を上げていた。

運転席に誰かいた。そのほかにも二、三人の影が見える。

鹿田がシートの背の陰から姿を見せて言った。

「すわりなよ。ドライブだ」

恵美子は、言われるままに、シートにすわった。

マイクロバスは、人気のない青山墓地の脇に駐められた。

恵美子は、急に手足をつかまれ、シートの上に押し倒された。

それから起こったことは、恵美子の予想をはるかに上回っていた。十六歳の少女がとても耐えられるものではなかった。

彼女は泣き叫んだ。しかし、口をしっかりとおさえられていた。どんな抵抗もむなしかった。

胸と下半身を露(あら)わにされ、乱暴にいじり回された。

まず、園田が力ずくで彼女のなかに入っていった。

恵美子は、体の中心を頭のてっぺんまでつらぬかれたように感じ、声にならない絶叫を上げていた。

園田の動きが、永遠に続くように感じられた。

園田が体を離したとき、力尽きたように体がぐったりとしてしまった。しかし、それで終わりではなかった。

次に鹿田が恵美子の体をもてあそんだ。彼女は、今度は鹿田が自分のなかで果てるのをはっきり感じた。再び泣き叫びたい衝動が突き上げてきた。

だが実際にはそうしなかった。すでに気力が失せてしまっていたのだ。

鹿田が行為を終えると、また別の男と入れ代わった。

結局、恵美子は五人の男に犯された。

犯された場所が、暗くて薄汚れたマイクロバスのなかというのもたいへんな屈辱で耐えがたかった。

『遠辰プロ』の俳優たちは、結局、真夜中過ぎに、彼女を解放した。

マイクロバスは、立木恵美子をマンションのまえで降ろすと、そのまま走り去ったのだった。

彼女が自殺したのは、それから五日後だった。

2

六本木の裏通りにあるジャズ・バー『ゼータ』には、いつもの客がいたが、すべてそろっているわけではなかった。

マスターのゼンさんが、カウンター越しに、空になった長谷部修のグラスに黙って、アイリッシュ・ウイスキーを注いだ。

長谷部修は、カウンターに向かって、おおいかぶさるような姿勢でウイスキーグラスを見つめている。

四十五歳になるスタントマンの長谷部は、きわめて無口な男だ。彼は、自分が盛りをとうに過ぎてしまったことを自覚していた。

役者ならばこれからといった年齢だ。しかし長谷部はアクション・スタントなのだ。

『ゼータ』の奥にはグランドピアノがある。その周囲にカウンターをつけた、いわゆる、ピアノ・カウンター席と、入口に近いバー・カウンターだけの小ぢんまりした店だ。

細い通りにあるため、大学生のような子供が入ってこない。『ゼータ』は古い店で、マスターの禅田——通称ゼンさんや馴染みの客の雰囲気が子供や一見の客を拒否するのだ。

長谷部修のとなりには、年配のピアニストがいた。彼は白いタキシードを着たまま、カウンターに寄りかかるようにして立っている。

そのとなりが高梨美和子だった。

美和子の右どなりには、マネージャーの岡田二郎がすわっていた。

彼はビールをちびちびとすすっている。

これに、作曲家兼アレンジャーの井上鏡四郎が加わると、いつもの顔触れがそろうことなる。

井上鏡四郎は、とにかく売れっ子で、今は眠る間もないほどの仕事をかかえ込んでいるのだった。

作曲はあまり時間がかかる仕事ではない。多忙なのはアレンジのせいだった。作曲が上がると、それに従ってスコアを書いていく。

スコアが完成すると、それを写譜屋に回してパート譜を起こす。

パート譜を写譜屋がスタジオに持ってやってくるのを待っていて、いよいよ録音を始めるのだ。

リズム録(ど)りといって、まずドラム、ピアノ、ギター、ベースで録音をする。

アレンジに従ってそれに、管、弦、シンセサイザーなどを別々にダビングしていくのだ。

アレンジャーはそこまで立ち会わねばならない。

人によっては、ディレクターにまかせてしまうこともあるが、井上鏡四郎は、しっかりとスタジオに付き合う主義だった。

マネージャーの岡田二郎が溜め息をついた。きょうは店の雰囲気が暗く沈んでいる。

岡田は言った。

「参っちゃうよなあ……。自殺なんかされちゃうと……。直接関係はなくても、業界内のことだからね……」

ゼンさんが言う。

「デビュー直前だったそうだね」

岡田はうなずいた。

「ある漫画雑誌でミスコンをやってね。それで優勝した娘なんだ。実をいうとね。うちの事務所でもあの娘を狙っていてね。最後の最後まで交渉してたんだ。結局、ソル・ミュージックというプロダクションに持ってかれたけどね……。俺も会って話をしたことがあるんだよ」

「聞いたところによると……」

ピアニストが言った。「ゲストで出るはずだったドラマが放映中止になったんだってね……。それがショックで自殺した、とか……」

「デビュー前後のドラマ出演てのはでかいからなあ」

岡田がしみじみと言った。

高梨美和子が押し殺した声で言う。

「そんな理由で、人が自殺するもんですか」

「え……」

岡田が思わず美和子のほうを見た。

同時に、あとの三人の男も彼女に注目していた。

美和子は壁（かべ）の作り付けの棚に並ぶ酒の罎（びん）を睨みすえるようにしていた。

眼が怒りのために光っていた。

彼女は正面の酒罎を見つめたまま言葉を続けた。「岡田さんだって知ってるはずでしょう」

「何のことだ？」

「立木恵美子。彼女がなぜ自殺したか？」

「何を言いたいんだ……」

「遠辰プロ……」

「おい！」

岡田はあわてた。「滅多なことを言うんじゃないよ」

「一部ではもう噂になってるわ。火のないところに煙は立たないわよ」

「ところがね」

岡田はうんざりした顔になった。「火のないところに煙を立てるのが、芸能界というところなんだよ。噂をいちいち真に受けてたんじゃ、芸能人全員が性格異常か犯罪者だ」

「その噂、俺も聞いたことがある」

滅多に口をきかない長谷部がぼそりと言って、皆の視線を集めた。「まんざら、でたらめとも思えない話だったな……」

岡田は押し黙った。

「どんな噂だね？」

マスターのゼンさんが岡田に尋ねた。

「いや……、まあ、よくある類の話で……」

岡田は怨みがましい眼で美和子を一瞥した。美和子はあっさりと無視した。

今や美和子を除く誰もが岡田に注目していた。

岡田は話すしかない、と覚悟を決めた。

「『刑事の紋章』っていう人気ドラマがあるだろう。あれ、遠辰プロというところが作ってるんだけどね……」

「遠辰プロっていうのは、やたら男気を強調するところらしいね」

ゼンさんが言うと、岡田はうなずいた。

「別名遠辰一家なんて言われていてね。義理人情を重んじ、上下関係をきびしくしつける。ちょっと、侠客的な雰囲気があって、それだけに結束が固い」

「ドラマも、派手なアクションが多いね」

「あそこは、よほどのことがないとスタントマンを使わない。役者が体を張ることを売りものにしているんだ」

岡田はふと気になって、長谷部のほうを見た。長谷部の職域にかかわる話題だったからだ。

長谷部は、まったく姿勢も表情も変えなかった。

岡田は話を続けた。

「遠辰プロの役者たちは、実際に体を鍛え、かなり格闘技にも長けている。本気で体を張っているという自信もある。そういう自信が、時々、やっかいな方向に暴走しちまうことがあるんだ」

「やっかいな方向へ暴走？　ずいぶんひかえめな言いかただわね」

美和子は言った。「明らかに犯罪行為よ」

「きょうは機嫌が悪いな」

ゼンさんが美和子に言った。美和子は、口をぎゅっと結んでから、早口に言った。

「女性として許せないのよ」

岡田は言った。

「そういうけどね。刑法上、罪になるかどうかというのは疑問だよ。これまで、納得ずくでやってきたことなんだから」

「ちゃんと話せよ」

長谷部が言い、岡田は一同の顔を見回した。

「『刑事の紋章』に、時々、話題の女優や歌手、売り出しまえのアイドルなんかがゲスト出演する。そういう女性たちは、遠辰プロの看板役者たちへの、ささげものというわけだ。

もちろん、本人たちも事情は知っている。それ相当に見返りはあるからな。遠辰プロというのは、ああいうところだから、寝たら、それで放ったらかしというわけじゃない。それ以降、何かと目をかけて、イベントなんかでもそういう娘たちをもり立ててやったりするんだ」

「今回の自殺した娘も、そういう事情だったというのかい？」

ゼンさんが尋ねた。岡田はしぶしぶうなずいた。

「一話分、彼女の出演で撮影していたことは事実だ。ところが急に、その回の放映が中止になっちまったんだ。ドラマに出演できるからというので、耐え難きを耐えて、体をもてあそばれたんだ。それが、急に放映中止になったとしたら、とんでもないショックだろうな……」

「どうしてまた、急に放映中止になったんだろう……」

ピアニストがつぶやいた。

「知らないっすよ、そんなこと」

岡田が言った。

「調べてよ」

美和子が岡田に言う。

「どうして、俺がそんなことをしなくちゃならない」

「あたしが知りたいから。あなた、マネージャーでしょう？」

「そこまでやる義理はないよ」

「あ、そういうこと言うわけ？　テレビの生番組で、あたし、突然、『素粒子のスピンと超弦理論』についての講義を始めちゃうわよ」

「何だ、それ？」

「ヌボー＝シュワーツ＝ラモン理論」

岡田はお手上げだとばかりに首を振った。

そのとき、ドアが開いて、長身の客が入ってきた。

「いらっしゃい」

ゼンさんが言った。「おや、どうしました? ふらふらして……」

ゼンさんが親しげに声をかけたので、カウンターの常連たちは出入口を見た。

井上鏡四郎が立っていた。鏡四郎は言った。

「やっとスタジオから解放された。まる三日、スタジオに監禁されてたんだ」

「それはお気の毒に」

マスターが言った。

井上鏡四郎は、長谷部の右どなりに腰を下ろした。長谷部がぼそっと言った。

「商売繁盛でけっこうだな」

井上は長谷部に笑ってみせると、ビールを注文した。井上は美和子にうなずきかけた。

「よ、元気か?」

「それがね」

ピアニストが言った。「ご機嫌がすこぶる悪い」

「ほう……。どうして、また……」

　岡田が事情を説明した。井上は、相槌も打たずに耳を傾けていた。

「どうしてテレビ放映されなかったか……。調べる必要はないよ」

　井上が言った。美和子は挑むように言った。

「どうしてですか？」

「今まで僕は、上原光一のアルバムを録音していたんだ。彼は作曲の才能もなかなかでね。僕は彼と組んでずっとアレンジを引き受けている。知ってのとおり、上原光一は、去年まで遠辰プロの役者だった」

「それで？」

　美和子がわずかに身を乗り出した。

「立木恵美子というデビュー直前の女の子が自殺した。それに遠辰プロがからんでいる。スタジオでは当然、噂話のひとつやふたつ出るわけだ。ところが、そこは上原光一のスタジオだ。上原光一は今でこそ遠辰プロをやめているが人脈が完全に切れているわけじゃない。他の人間が知らないことまで、彼は知っていたわけだ」

「オンエア中止の理由を知っていたのね？」

「そう」

「どんな事情があったの？」

「公私混同」

「この業界じゃよくあることですが」

岡田が尋ねた。「いったい、どういうことです」

「遠辰プロの看板役者ふたりが、都内の某ホテルから、酒に酔って立木恵美子に電話し、呼び出そうとした」

「それは、その……。いわゆる関係があったあとで？」

「そう。輪姦された翌日だそうだ。彼女は、マネージャーに泣きついた。どうしても行きたくない、と。マネージャー側としても、これ以上、自分のタレントをおもちゃにされたくない。マネージャーがホテルに乗り込んで、遠辰プロのふたりの看板役者に、もう義理は果たしたはずだとはっきり言いに行った。役者たちは、ホテルの部屋のなかで、腹いせにそのマネージャーを袋叩きにしたそうだ」

「そのふたりの役者ってのは、園田猛士と鹿田政男ですね」

岡田が言うと、井上は肩をすぼめた。

「上原光一は名前は言わなかったな。でも『刑事の紋章』に出演している、遠辰プロのふたりの看板役者といえば、当然そいつらだろうね」

「そして、その翌日には、立木恵美子が出演した回のオンエア中止が決まっていた……」

ゼンさんが言った。

「ドラマ一回分の制作費といえば、ばかにならない金額ですよ」

岡田が言った。「いくら看板スターがゴネたって、そのフィルムをパーにしちまうなんて……」

「立木恵美子が出ているシーンだけを撮り直して、差し替えるんでしょう」

美和子が言った。井上はうなずいた。

「どうやらそういうことらしい」

長谷部が重々しく溜め息をついた。それからしばらく、誰も何も言わなかった。

美和子が沈黙を破った。彼女は岡田に言った。

「『刑事の紋章』のゲストに出たいわ」

「な……」

岡田が目を丸くした。

「事務所の力で何とかしてよ。寝るのも輪姦されるのも納得の上だということを臭わせてもいいわ」

「冗談じゃない。つまらんことを考えるなよ。立木恵美子という女の子の仇(かたき)でも討つつもりか？　どうして君がそんなことをしなくちゃならないんだ？」

「別に仇を討とうなんて思ってるわけじゃないわ。あたしは『刑事の紋章』のゲストに出たいと言ってるだけよ。芸能人として当然の要求じゃない？」

「またそうやって本音と建前を使い分ける。君があの番組のゲストに出るなんて危なすぎる。許すわけにはいかないね」

「いいわよ。あたし、社長にたのむから」

「社長だって僕と同じことを言うよ」

「じゃ、あたしが遠辰プロにかけあうわ」

「なんでそうまでして……」

「許せないのよ」

「何が」

「園田猛士と鹿田政男」

「やっぱり仇討ちじゃないか」

「そうじゃないわ。立木恵美子という娘(コ)はきっかけに過ぎないの。女をおもちゃとしか見られない男なんて許すわけにはいかないのよ」

カウンターに固いものを打ちつける大きな音がした。

長谷部が空になったショットグラスを勢いよく置いたのだ。彼は、グラスのなかのブッシュミルズを一気に干していた。

彼の怒りが手に取るようにわかった。長谷部がこれだけ感情を外に表わすのも珍しい。

「どうやら、長谷部は、美和子ちゃんの味方のようだ」

井上が言った。「ここで知らんぷりしたら男じゃないな。その話、俺も乗った」

岡田があわてた。

「ちょっと待ってくださいよ……」

出入口のドアが開いて、三人連れの客が入ってきた。

ゼンさんが挨拶をした。

そのとたんに、美和子はアイドルの顔になった。

「ねえ、マネージャー。美和子、あのドラマに出たいの。ねえってばあ……。お願い。ゲストのお仕事、取ってきてえ」

美和子は要求を押し切った。

3

遠辰プロからも、出演を歓迎するという返事をもらった。

美和子、岡田、井上、長谷部は綿密な打ち合わせを繰り返した。

長谷部はベテランのアクション・スタントという立場を最大限に利用して、美和子が出演する回の撮影に、もぐり込むことにした。

遠辰プロも、すべてのアクションを自社の役者でこなすわけではなく、必要とあらば、やはりスタントマンを雇うのだ。

園田も鹿田も、撮影中に手を出してくることはないだろうが、万が一のときの用心のためだ。

新進のアイドル・タレントと、ベテランのアクション・スタントマン——このふたりをつなげて考える者はまずいない。

撮影が始まった。

ドラマの撮影というのは、シナリオどおりに進行するわけではない。場面移動の都合を考えたり、出演者たちのスケジュールに合わせて、撮影可能なシーンからどんどん撮っていく。

美和子は、暴力団幹部と親交があり、麻薬の取引に便宜を図る政治家の娘という役柄だった。

台本を見ながら、ロケ現場のすみで美和子はつぶやいた。

「つまんない台本（ホン）……」

そばに立っていた岡田が、あたりを見回した。

「あっぷねえな……。そういうこと言うなよ」

「日本じゃ本気で面白いテレビドラマを作ろうなんて人はいないのね。レベルが低くて当然だわ」

「アメリカと違って、他の国に売るわけにもいかない。おまえさんの言い分じゃないが、アメリカなんかに比べれば、稼ぎのレベルが違うのさ」

「ビデオにして売ることだってできるんだから、そろそろ頭を切り替えてもいいと思うんだけど……」

「テレビドラマなんて、看板のスターがいい恰好すりゃ、それでいいんだよ」

そこへ、遠辰プロの現場のディレクターがやってきた。

「どうだい？　これが初めてのドラマなんだって」

美和子はにっこり笑ってこたえた。

「はい。とっても楽しいです。でも、ちゃんと台詞が言えるかどうか心配で……」

「まあ、ゲストの女の子はNGも愛嬌のうちだ」

「はい。よろしくお願いしまーす」

美和子は深々と頭を下げる。ディレクターはうなずきながら去って行った。

「ずっとそうしていてくれると助かるんだがなあ……」

岡田は美和子に聞こえるようにつぶやいた。


園田猛士と鹿田政男は、折に触れて美和子と親しくなろうとした。

園田猛士は男としてのセックスアピールがあるタイプだ。顔の造りは端整とはいい難いが、女性の官能を刺激するような危ない魅力がある。

だが、俳優にはありがちなことだが、自意識が強すぎるきらいがあった。

鹿田政男の接しかたは、園田猛士に比べるとずいぶんとソフトだった。

鹿田のほうは、どちらかというと、涼しげな顔立ちをしており、母性本能をくすぐるタイプだった。

鹿田がまず美和子に話しかけ、談笑を始めたところに、園田がやってきて加わるというのが、決まりのパターンになった。

アクションの最中に、鹿田は、さりげなく美和子の腰や胸に触った。

それはごくさりげない動作で、はずみでそうなったとしか感じられないくらいだった。

しかし、美和子はそれが故意であることを知っていた。鹿田は、美和子の体を吟味しているのだ。

美和子はうずくほどの怒りを感じたが、完全に自制した。

理性と知性は比例する。美和子ほどの知性があれば、感情を抑制することはむずかしくはない。

それは、長谷部も同じだった。

彼は、まったく自分を抑えて、アクション・スタントマンのひとりに徹していた。

彼は決して目立ってはいけない役回りだった。ドラマの上でも、また美和子の計画の上でも。

遠辰プロの擬闘シーンは荒っぽいので有名だ。長谷部は、何度も本当にパンチをくらった。

だがそこは『殴られ屋のサム』の本領発揮だった。

長谷部は、アメリカの腕っぷしの強い連中と本気で殴り合いながら、ハリウッドでのし上がってきたのだ。

日本の役者に殴られるくらい、楽なものだったのだ。そして、彼にしてみれば、園田や鹿田が本気で殴ってくれれば、それだけ、憎しみも増し、情容赦なくこらしめられるという思惑もあった。

撮影は終了して、打ち上げの宴席が設けられた。

場所はいつもと同じ赤坂にあるホテルだった。ひとしきり盛り上がり、スタッフたちが相当に出来上がったころ、岡田は遠辰プロの関係者から耳打ちされた。

「地下の駐車場で、園田さんが待ってます。美和子ちゃんを……」

岡田は、会場のなかを見回した。園田と鹿田が姿を消していた。

岡田がうなずくと遠辰プロのメッセンジャーは離れていった。岡田は、まず、誰とも話そうとせず、ひっそりと会場のなかに立っている長谷部に近づいた。

「美和子にお呼びがかかった」

岡田が耳打ちすると、長谷部はうなずき、そっと会場をあとにした。

長谷部が出て行ったのを確かめると、岡田は美和子のところへ行った。

美和子は、遠辰プロのディレクターをはじめとする制作関係者に囲まれていた。

「すいません。失礼します。……美和子、ちょっと……」

「何だい、マネージャー」

かなり、酒気を帯びた遠辰プロの制作スタッフのひとりが言う。「俺たちから美和子ちゃんを取り上げちまうのかい？」

「いえ、その……。ちょっと……」

愛想笑いを浮かべながら、岡田は心のなかで罵っていた。

（おまえんとこの下司役者が連れ出そうとしてるんじゃないか！）

美和子は、詫びを言って制作関係者たちの輪から離れた。

岡田が言った。

「園田が地下の駐車場で待ってるそうだ」

「長谷部さんは？」

美和子は周囲を気にして笑顔のまま尋ねた。

「計画どおり井上さんの車へ向かった。井上さんも、地下の駐車場で待機しているはずだ」

「井上さんに電話してみて。ふたりが準備できたことを確認してから行くわ」

「わかった」

岡田は、宴会場を出て公衆電話を探した。


自動車電話が鳴った。

井上鏡四郎がすぐに電話を取った。岡田の声がした。

「準備はどうです」

井上はこたえた。

「今、長谷部がやってきた。いつでもOKだ。園田の姿が見えている。やつは、遠辰プロのマイクロバスのすぐそばにいる。待ちきれない、といった風情だな」

「じゃあ、美和子を行かせます。よろしく頼みます」

「わかった」

井上は電話を切った。

助手席にすわった長谷部が、耐えかねたように言った。

「窓を開けさせてくれないか。香水のにおいがきつくてたまらん」

「がまんしてくれ」

井上が言った。「遠辰プロの連中に見つかりたくないんでな。だが、高級な香水だ。悪くないだろう」

長谷部は顔をしかめた。

後部座席の暗がりで、ふたりの香水の主が忍び笑いを洩らした。

美和子が駐車場へ降りて、あたりを見回していると、一点がぽっと明るくなった。

園田が煙草に火をつけたのだった。

彼は、遠辰プロのマイクロバスにもたれるようにして立っていた。マッチを吹き消し、遠くへ放った。

美和子がゆっくりと近づいて行くと、園田がにっと笑った。

「人混みは疲れるだろう。風に当たりに行かないか？」

「はい……」

何もかも心得ている、という態度で美和子はうなずいた。

「今夜はこんな車しかないんだ。悪いな」

「いいえ……」

「さ、乗ってくれ」

美和子は、マイクロバスに乗り込んだ。

「よっ！」

車のなかに鹿田がいた。彼は、シートに身を投げ出し、足を前のシートの背にのせて、軽く手を振ってきた。

「あら」

美和子は言った。「鹿田さんもいっしょ？」

「そう」

園田が、後から乗ってきて言った。「楽しみはひとりでも多くの人と分け合うべきだ。そうだろう」

運転席にもうひとりいた。若い役者だろう。手伝いをする代わりにおこぼれにあずかろうというのだ。

園田が美和子をシートにすわらせると、その運転席の男に命じた。

「いつもの場所だ」

マイクロバスのエンジンがかかった。やがて、車はゆっくりと駐車場を出た。

美和子は、井上たちがうまくあとをつけてきてくれることを祈った。

マイクロバスは、赤坂から乃木坂を通り、かつて龍土町と呼ばれ、現在は星条旗通りなどと呼ばれている道を抜けた。

やがて、黒々とした森に囲まれた細い道を通り過ぎて止まった。青山墓地の脇だった。ライトを消すとたちまち闇に包まれた。

「えーっ。こんなところで？」

美和子は言った。

「そう。意外とこれが興奮するんだ」

鹿田が言い、美和子の手をつかんだ。

「鹿田さんが先なの？」

闇のなかで、園田と鹿田が顔を見合わせた。

園田の声がした。

「どっちがいい？　ええ？」

美和子は手首をつかまれていることを考えて言った。

「あたしは、園田さんに呼び出されて来たのよ」

園田が笑った。彼は鹿田の肩を叩いた。

「悪いな」

「なあに。女はふたりめのほうに気をやるって話だぜ」

園田と鹿田が場所を入れ替わった。

美和子はそこで鹿田が手を離すものと予想していた。その隙（すき）をついて車の外へ逃げ出すつもりだった。

しかし、鹿田は美和子の右手首を握ったままだった。

「ちょっと。手を離してよ」

美和子は言った。「逃げやしないわよ」

園田がこたえた。

「そういう問題じゃないんだ。ふたりでやるのが好きなんだよ」

園田が美和子の細いウエストに手を回した。鹿田は美和子の両手首をつかんだ。

彼女はふたりに軽々とかかえ上げられ、シートの上に横たえられた。

「さ、たっぷり楽しませてくれよ」

園田が言って、服の上から美和子の体の線を掌でなぞった。

嫌悪感で身震いする思いだった。思わず身を固くしていた。

「おや、口ほどにもなく、意外とウブじゃないの」

鹿田がその反応を感じ取って言った。

「いや。もう感じてるのかもしれないぞ」

園田が言った。

美和子は逃げるタイミングを逸してしまった。

園田の唇が顔に近づいてきた。

美和子は思わず顔をそむけ、目を閉じていた。


井上は、ライトを消したまま近づき、マイクロバスの二十メートルほど後方に、そっと車を止めた。

しばらくマイクロバスの様子を見守っていたが、やがて言った。

「妙だな。美和子ちゃんが逃げ出してこないぞ」

長谷部が言った。

「まずいな。おそらくトラブルだ」

「どうする」

「バンパーをへこます度胸、あるか？」

井上は舌を鳴らした。

「どうってことないさ」

井上はエンジンをかけると、すぐにセレクト・レバーをドライブに入れ、アクセルを踏み込んだ。

車はまっすぐマイクロバスの後部にぶつかっていった。

バンパーがぶつかり合い、双方の車に激しい衝撃が走った。

井上は、すぐに車をバックさせて、次に起こることにそなえた。

園田の唇が触れそうになったその瞬間に、すさまじい音がして、激しく揺さぶられた。

「何だ？」

園田が叫んでいた。

園田、鹿田のふたりは身を起こして、窓の外を見た。

運転席にいた男も外を見ている。

美和子は自由になった。彼女はその一瞬を見逃さなかった。

転がるように、床に降り、ドアを開けて外へ飛び出した。

「あっ」

鹿田が叫んだ。「あのアマ。どういうつもりだ！　逃げやがったぞ」

「くそっ。つかまえろ」

園田が言った。

まず、運転席にいた若者がマイクロバスから降りた。

そして、鹿田、園田の順で外に飛び出す。彼らは、美和子の姿を探し求めた。

井上は、三人の男の姿を目にして、クラクションを鳴らした。

三人が同時に車のほうを向く。その瞬間に井上は、ハイビームのライトを点灯させていた。

三人は、光線で目をやられた。

井上はライトを消した。しばらくは、三人は何も見えないはずだ。

長谷部にとっては、それは、充分すぎるほどの時間だ。

長谷部は、すでに助手席から降り立っていた。

音もなく歩を進めると、まず、運転役の男の肩に手を置いた。

男がさっと振り向く。その瞬間に、腰をひねって、アッパーを顎に叩き込んだ。男は、声も出さず、ぐずぐずとその場に崩れ落ちた。

「な、何だ……？」

鹿田が言った。

長谷部は、彼の正面に回った。鹿田の眼はまだ暗視力を回復していない。

長谷部は、鹿田の股間にごく軽い蹴りを見舞った。

「あうう……」

鹿田は悲鳴を上げ、両手で股間をおさえた。がらあきになった顔面に、長谷部は、平手打ちを見舞った。

「や、やめてくれ」

鹿田がわめいた。

「誰だ！」

園田が、気配を察知して言った。

長谷部は、園田のほうを見ていた。

彼は園田を見ながら、肘（ひじ）を水平に一閃させた。その肘は、正確に鹿田のこめかみに叩き込まれた。

鹿田は眠った。

「くそっ！　何だ、てめえは！」

園田は、いら立たしげに怒鳴った。目は利かないが、何が起こっているかは雰囲気でわかるのだ。

長谷部は、滑るように足を運んで園田に近づいた。

右の頬を平手で張る。小気味いい音がした。園田は咄嗟に右の頬をおさえた。

長谷部は、左の頬を同様に張った。園田はすぐに左の頬に手をやった。

また右、そして左。長谷部はそれを繰り返した。長谷部は、それが相手の闘争心を萎えさせる行為だということをよく心得ていた。大のおとなが泣いて許しを乞うこともある。

「そのへんにしておけよ」

井上の声がした。

長谷部は手を止めた。

そのとたんに、園田は訳のわからないわめき声を上げて、闇雲に殴りかかってきた。

長谷部は、そのパンチをぎりぎりまで引きつけてかいくぐった。すれ違いざまに、園田の脇腹に、肘を叩き込む。

園田は声にならない悲鳴を上げた。動きが止まる。

長谷部は、手刀を、その首のつけ根に打ち込んだ。

園田はゆっくりと倒れていった。

井上が、車のなかのふたりに言った。

「さあ、たのむぞ」

ふたりは、香水のにおいをふりまきながら車から降りてきた。

翌日のスポーツ紙の芸能欄を見て失笑しない者はいなかった。

遠辰プロのマイクロバスが六本木交差点の中央で立ち往生している写真が載っている。

記事の見出しは、社によって多少のニュアンスの違いはあれ、だいたい次のようなものだった。

『園田猛士、鹿田政男、夜の六本木でご乱行。事務所の車で、オカマと大騒ぎ』

写真をよく見ると、マイクロバスのなかの園田と鹿田は素っ裸のようだった。

そのふたりに、それぞれ派手な恰好のオカマらしき人物が抱きついている。

園田と鹿田は、麻布署から厳重な注意を受けた。遠辰プロは、彼らを当分謹慎処分とし、大幅な減俸を言い渡した。

こうなると、彼らはCMなどの契約も解除された上に、違約金まで取られるおそれもある。社会的な制裁はさらに広い範囲にわたるだろう。

『ゼータ』のカウンターで、あるスポーツ新聞を睨み、岡田がしみじみ言った。

「しかし、俺が園田たちの立場だったらと思うとぞっとするよ」

美和子が言った。

「あら、心にやましいことがなければ、平気なはずよ」

「女はおっかねえなあ……。男ってのは、いつでも多少は遊びたいって気持ち、あるからなあ」

「そんなことがわからないほどヒステリックじゃないわよ、あたし」

「要するに」

井上が言った。「お互いが楽しむ分には、問題ないわけだな」

「簡単に言えば、そういうことね」

井上は岡田に言った。

「彼女は見た目より、ずっとおとなだ」

岡田は溜め息をついた。

「だから苦労するんですよ」

珍しく長谷部が、声を上げて笑った。

虚栄がお好き？

1

六本木といえば、誰もが、若者たちでごったがえす街並を想像するが、一歩裏道へ入れば、まるで別の国のように静かなところもある。

そういった場所には、昔ながらの六本木のにおいが残っている。

粋(いき)なおとなたちがゆったりとした時間を過ごしていた時代の名残りだ。

ジャズ・バー『ゼータ』はそういった細い路地に面した小さなビルの地下にあった。

入口を入ると、まずカウンターがある。カウンターにはいつの間にか、常連客の指定席ができている。

奥にはグランドピアノがあって、そのまわりに、ピアノの曲線に合わせて作ったカウンター席がある。みんなはピアノ・カウンターと呼んでいた。

それだけの小さな店だ。『ゼータ』は古い店で、大学生などの子供が入ってこない落ち着ける場所だった。

マスターの禅田——通称ゼンさんや馴染みの客が、遊びかたを知らない子供たちや、マナーの悪い一見の客を寄せつけない雰囲気を作り出しているのだ。ピアノの生演奏があり、客は、それぞれの思いにふけることができる本当の意味でのクラブだった。

店にはいつもの客が顔をそろえていた。客は四人だった。

作曲家兼アレンジャーの井上鏡四郎。盛りを過ぎたアクション・スタントの長谷部修――彼は今年で四十五歳になる。

井上鏡四郎は、たいへん多忙だ。作曲家というのは、才能も大切だが、何より、最新情報の勉強に多くの時間をさかねばならない。

鏡四郎のようにアレンジもこなす作曲家は現場仕事も多い。曲を、リズム楽器――つまり、ピアノ、ベース、ギター、ドラムス、弦楽器、それに管楽器といったさまざまな楽器によって演奏するための譜面に書き直していく。

この譜面は、横に追えばメロディーとコード展開が、縦に見れば和音構成がわかるようになっている。

この譜面を業界ではスコアと呼んでいる。写譜屋という職業があり、彼らは、アレンジャーからスコアを受け取り、パート譜を起こす。

パート譜というのは、それぞれの楽器のための楽譜だ。

それだけの用意がととのってからスタジオへ入る。

まずリズム楽器を録音してから、弦、管というふうにダビングしていくのだが、最近はリズムもコンピューターの打ち込みでやってしまうし、ダビングもシンセサイザーを多用する。

井上鏡四郎は、自分でシンセサイザーの演奏もするので、余計に忙しい。

だが、彼はいつも穏やかな表情をしている。色白で背が高く、すらりとしている。彼はすでに仕事を選べる立場にあるのだ。

彼に言わせれば、売れないときから仕事は選んでいたのであり、それが成功の秘訣なのだという。

長谷部修は、井上鏡四郎とは対照的な体格をしていた。

背はそれほど高くないが、胸板が厚く、あらゆる筋肉が、理想的に発達している。ボディー・ビルで作ったハリボテの筋肉ではない。スピーディーに動き、長い苦痛に耐えられる筋肉だ。スポーツマンの筋肉とも違う。

それはまぎれもなく格闘士の体格だった。長谷部修は、日本国内より、海外での評価が高い。

長くアメリカに住んでいたことがあり、その時代に、腕だけでのし上がったのだ。

彼はいつものように、ストレートのウイスキーを少しずつ味わっていた。

井上鏡四郎のとなりにいる客が、少しばかり場違いな感じがした。アイドル・タレントの高梨美和子だ。

そのとなりには、マネージャーの岡田二郎がすわっている。

『ゼータ』は、美和子が天才の素顔に戻れる数少ない場所のひとつだ。

白いタキシードを着た老ピアニストが、『アズ・タイム・ゴーズ・バイ』を弾き終わり、『煙が目にしみる――スモーク・ゲッツ・イン・ユア・アイズ』のイントロに入った。

店のドアが開いた。

常連客たちは、そちらのほうを見ない。それがエチケットなのだ。客が奥まで入ってきたときに、さりげなくその客を眺めるのだ。

戸口の客を見定めるのは、マスターのゼンさんの役目なのだ。

「いらっしゃい……」

ゼンさんが言った。彼は、さりげなく、長谷部修を見た。

他の三人もそれに気づいて、長谷部を見た。長谷部は振り向いた。

「『殴られ屋のサム』……。やっぱりここにいたか……」

客は言った。その場にいた全員が彼のことを知っていた。口が大きく少しアンバランス売れっこの俳優、伊達弘樹だ。たくましい体に長身。口が大きく少しアンバランスなな顔立ちだが、野性味があって魅力的だった。

伊達弘樹は長谷部修に言った。

「となり、すわっていいかい？」

長谷部は無言でうなずいた。彼はきわめて無口だ。

伊達は、あとの三人を、さっと眺め回した。

「奇妙な組み合わせだな……」

彼は長谷部に言った。長谷部はそれにこたえずに尋ねた。

「どうして俺がここにいるのがわかった？」

「花火屋の正太に聞いたんだ。あんたは、毎晩のようにここに来ているって……」

花火屋の正太というのは、特殊効果の火薬係をやっている、井出正太という男のことだ。

長谷部はさらに尋ねた。

「それで、何のために、この盛りを過ぎたスタントマンに会いに来たんだ？」

「盛りを過ぎた？　冗談だろう。あんたの強さが本物なのはアクション関係の人間なら誰だって知ってる。今でも鍛えていて、空手三段以上の実力はあるという話だ」

「話し相手が欲しいんなら、お門違いだ。他にいくらでもいるだろう。粋な会話ってのを得意にしているやつらが……」

「あんたより粋な人は見たことがない」

「静かに飲むか、さもなきゃ、帰ったほうがいい。この店は馴染まない客を吐き出しちまう癖（くせ）があるんだ」

井上、美和子、岡田の三人は、無関心を装っていた。まったく長谷部たちの話など聞いていないように見える。

だが、その実、三人とも聞き耳を立てているのだった。

「頼みがあるんだ。助けてほしい」

「どういうことだ?」

「俺はハメられそうなんだ」

伊達の口調は真剣だった。

思わず、長谷部は眼だけ動かして、ゼンさんを見た。ゼンさんも、視線を長谷部に向けていた。

2

伊達弘樹は、『海佑プロモーション』の看板俳優だ。海佑プロは、屈強な役者をそろえていることで有名なプロダクションで、今では、制作も自前でこなす。

初代社長は、一世を風靡した二枚目スターだった。今は、やはり、有名な役者が社長を継いでいる。

実質的な経営は、名物専務の倉部が切り盛りしている。

伊達は長谷部に言った。

「噂を聞いたんだ。『遠辰プロ』の連中をとっちめたのは、あんただってな。『遠辰プロ』は、ちょうど体質も『海佑プロモーション』と似通ったところがあったし、テレビ番組で刑事ものを多く手がけているという共通点もあった。うちは同類に見られて迷惑してたんだ。あいつらの悪さがあばかれて、番組打ち切りになったときは胸がすく思いだった」

「その時間枠に入り込んだのは、『海佑プロモーション』だろう」

「刑事を扱ったアクションものを自前でやれるのは、『遠辰プロ』のほかはうちくらいなものだからな……」

岡田二郎が、美和子にささやいた。

「伊達さんて、しゃべらない役が多いけれど、実際にはよくしゃべるんだね」

「大根だからじゃないの？」

岡田は、あわてて伊達のほうを見た。伊達は長谷部との会話に夢中で、美和子の言葉には気づかなかったようだ。

井上は、あくまで理性的な眼差しで、伊達と長谷部の話を聞いている。

井上鏡四郎の眼はやさしい。知性を映し出したやさしさだった。

「ハメられそうだというのはどういうことだ？」

「コカインだ」

話を聞いていた三人はひそかに緊張した。

「どういうことだ？」

長谷部が尋ねる。伊達は、美和子たち三人を見てから言った。

「ここじゃまずい」

「心配するな。そこにいる人たちはだいじょうぶだ」

「話のなかには、どうしても秘密にしておいてほしい部分もある」

「あんたのほうこそ、秘密を守る自信、あるかい？」

「どういうことだ？」

「もし秘密を守れるのなら、面白いことを教えてやろう。『遠辰プロ』にも関係のあることだ」

伊達は、わずかの間考えてからうけあった。

「いいだろう。俺は口は堅い」

長谷部は言った。

「『遠辰プロ』にお仕置きをした張本人は、そこにいる高梨美和子嬢だ。井上鏡四郎も一枚嚙んでいる。俺と井上は、彼女の言うとおりに動いただけだけどね……」

「信じられんな……」

伊達が思わず美和子の顔を見た。

美和子はにっこりとほほえんでみせた。

井上鏡四郎が説明した。

「アイドル、高梨美和子の本当の顔は、カリフォルニア大学バークレー校で理論物理と哲学の博士課程に籍を置く天才少女なんだ。その明晰な頭脳を武器に、悪党どもをこらしめる――こういうわけさ」

「だから」

長谷部は言った。「話すのならここが一番だ」

「わかった」

伊達は説明を始めた。

先日、小山内一郎（おさないいちろう）というミュージシャンがコカインの所持でつかまった。伊達と小山内は親しくしていたという。

伊達が言うには、小山内は麻薬をやるような男ではなかったということだ。麻薬どころか、アメリカへ仕事で行っても、マリファナすら吸わないのだという。

それがある日、突然、警察の手入れを受けた。

小山内の部屋からは、あるはずのないコカインが五十グラムも発見されたのだった。

そして、伊達は言った。

「俺の衣装ケースのなかに、白い粉の入った袋が入っていた。俺は、そんなものに心当たりはないから、まわりにいた連中に、何だ、これ、と言ったんだ。撮影所内でのことだ。いろいろなやつがいた。アメリカへしょっちゅう行ってる役者がいてね。そいつは、袋をひったくるなり、俺に隠せと言うんだ。俺には何のことかわからない」

「その中味がコカインだったってわけだな?」

井上鏡四郎が思案しながら言った。

「そうだ」

伊達がうなずいた。「その役者が確認した」

「いつの話だ、そいつは?」

長谷部が尋ねる。

「きょうの撮影だ。どうしようもなくてな……。警察に、これ拾いました、と持って行くわけにもいくまい」

「どうしてです?」

岡田二郎が訊いた。

「警察ってのはな、麻薬捜査に関しては、見せしめを欲しがるんだ。だから、有名人を挙げたがる。芸能人は最高の見せしめになる。知らないうちに、衣装ケースに入っていた、などと言っても、信じてもらえるもんか」

「それで、今、そのコカインはどこにあるんだ?」

伊達はズボンのポケットを軽く叩いた。

「ここにある」

「何だって！」

四人はびっくりした。感情をあまり表に出さない長谷部も、常に冷静さを失わない井上も、このときばかりは、目を丸くした。

「持ち歩いているのか！」

長谷部が尋ねた。

「どこに置いたって安心できない。警察に見つかりゃ、すぐ逮捕だ。何せ、撮影所で、俺はとんだドジを踏んじまった。何だかわからないばかりに、大勢のまえにその袋を取り出して見せちまった。コカインの袋を持っている姿を誰が見ていたか――今となってはとても思い出せない」

「確かに不利だわね」

美和子が言った。

「どうしていいかわからず、ひとりでおろおろしているときに、『遠辰プロ』の噂を思い出したんだ。それで長谷部さんのところにやってきたというわけだ」

「でも、妙ね……」

美和子が言う。

「何が？」

岡田が尋ねた。

「伊達さんは、小山内というミュージシャンの二の舞いだと考えたわけでしょう?」

「そうだよ」

伊達がうなずいた。

「小山内さんという人がコカインをやっていなかったというのは、本当に確かなのね?」

「確かだ。小山内が逮捕されてから、友人たちが、小山内釈放を求める署名運動をしようという計画を立てているくらいだ」

「なるほど……。でも、その署名運動はたいした役には立たないわね。みんなで金を出し合って優秀で熱心な弁護士を雇ったほうが、ずっと現実的だわ」

「伝えとくよ……」

「どうして、小山内さんと同じだと思ったの?」

「小山内は、やってもいないコカインを部屋で見つけられてパクられたんだ。誰が見たって状況はいっしょだろう?」

「そう?」

伊達は、周囲の男たちに言った。

「おい。このお嬢さんは何を言おうとしているんだ？　ちょっと世間てものを知らないんじゃないのか？」

しかし、伊達の側に立つ者はひとりもいなかった。

『ゼータ』の常連とマスターは、美和子の能力を知っている。美和子が何かを疑っているとき、そこには、何か必ず隠された事実があるのだ。

伊達弘樹は言った。

「俺と小山内は友だちだった。だから、警察は、間違いなく俺を逮捕するだろう――俺をハメようとしたやつは、そう考えたに違いない」

「あなたと小山内という人が友だちだったかどうかは、この際、あまり関係ないわ」

「おいおい」

伊達は苦笑しようとした。だが、まわりの男たちが真剣に美和子の話に耳を傾けているのに気づき、それをやめた。彼は問い返した。

「じゃあ、何が重要だったというんだ？」

「あなたと小山内さんの共通の知人。それもきわめて近しい間柄の。言い換えれば、深い関係ね」

「な……」

「つまり、ふたりが共通に付き合っていた女性ね。それが重要だわ。伊達さん。もう、そのことに気づいていたんじゃない？」

伊達は顔色を失った。

彼は一度、しげしげと美和子の顔を見つめ、今度は、まわりの男たちの顔を見回した。

彼は大きな唇を素早くなめてから言った。

「どうしてわかったんだ？」

「あなたを罠（わな）にはめるメリットよ。同時に小山内さんを罠にはめたメリット。これは、まったく同じ種類の利点でなくてはならないわ。つまり、あなたと小山内さんに対して、ある強い感情を持っている可能性がある。憎悪とか嫉妬（しっと）とか、あるいは愛情とか……。男同士でも考えられるけれど、たいていは、こういう問題は男女の仲よね。それに、本当の男女の仲は、芸能界では秘密にされやすい。週刊誌にすっぱ抜かれるのは、カムフラージュだったり、すでにプロダクションとマスコミで話ができ上がっている場合だわ」

「恐れ入ったな……」

「それに、他人を利用するのは、女のほうがうまいのよ。自分を守るためだったら、女はきわめて冷酷に他人を利用するわ」

　伊達はすっかり毒気を抜かれてしまっていた。

　井上が言った。

「伊達さん。大切なことを隠したまま、助けてくれって言ったって、そりゃ無理というもんですよ」

「いや」

　伊達はすっかり恐縮してしまっていた。「これから順を追って話そうと思っていたんだ」

「順を追う必要はなくなったわけだ」

　長谷部がわずかに皮肉を含んだ調子で言った。

　伊達はうなずいた。

「確かに、俺は、小山内とある女がデキているのを知っていた。承知の上で口説いたんだ。そして、落としちまった。悪いと思っている」

「それも間違い。男の思い上がり」

　美和子が言った。

「え……？」

伊達がまったく無防備に素顔をさらけ出した。意外に人が好い男に違いなかった。

美和子は説明した。

「暴力で犯したわけじゃないでしょう。だったら、小山内さんとあなたがその女に、手玉に取られているのよ。その人、けっこう楽しんでいたはずよ」

「そうかな……」

「そして、いざとなったら、小山内さんとあなたを利用してしまう。コカインをやっていたのは、その女でしょう?」

伊達は首を縦に振った。

「そうだと思う。証拠はないが……」

「誰なんだ、それは」

長谷部が尋ねた。「俺たちが知っている人か?」

「知っている」

「待てよ、当ててみよう」

井上鏡四郎が片手で伊達を制した。しきりに思案している。「沢本藍子(さわもとあいこ)。違うか?」

伊達弘樹は驚きっぱなしだった。

「そのとおりだ……。たまげたな。このことは誰も知らないと思っていたのに……」

井上は説明した。

「深夜の録音スタジオってのはね、ゴシップとスキャンダル、そして密会の宝庫なんだよ。僕も小山内とは何度か仕事をしたことがある。小山内は女をとっかえひっかえするタイプじゃない。あるとき、沢本藍子のアルバムを録音したんだが、小山内がシンセサイザーを担当してくれた。そのときに小山内と沢本藍子がデキちゃったと聞いている」

「沢本藍子っていえば、バリバリの清純派女優じゃない」

岡田二郎が言った。

「よせやい」

伊達が苦笑した。「彼女、新劇のある劇団の研究生だったんだぜ。もう二十五歳だ。そういうキャリアのやつが、本当に清純なわけないだろう」

「俺、芸能界でやっていく自信、なくなってきたな……」

岡田二郎がぼやくと、美和子が言った。

「好きにしていいわよ。あなたがマネージャーやめたら、あたし、アメリカへ行って研究生活に戻るから」

「自信はないけど、何とかやってみるよ」

岡田はふてくされて言った。

「その薬の入った袋、どうにかしないとな……」

長谷部が言った。伊達がうなずいた。

「そうなんだ。今ごろ、誰かが——おそらく、沢本藍子だろうが、匿名で警察に密告（タレコ）んでるかもしれない」

「とりあえず、おまえの身辺から物（ブツ）が見つからなきゃ、おまえは安全というわけだ」

「しばらくは、な」

美和子が言った。

「いいわ。あたしがあずかる」

男たちは仰天した。

「冗談じゃないぞ……」

岡田が言った。

「それが一番なのよ。いい？　長谷部さんは伊達さんと親しい。それに火薬係の人に、長谷部さんの居場所を尋ねたというから、伊達さんが長谷部さんに会いにきたこと、いずれ警察に知られてしまうかもしれないわ。だから、長谷部さんがあずかるわけにはいかない。ここまではわかるわね」

「僕は？」

井上が言った。

「井上さんは、小山内さんとつながっているわ。小山内さんと伊達さんの関係を知り、長谷部さんと井上さんがよく会っていることを知ったら、きっと警察は捜査の手を井上さんにまで伸ばしてくるわ」

「だからって、美和子が……」

岡田二郎がおろおろした声で言う。

「伊達さんとも小山内さんともつながりがないのは、あたしだけよ。それに、こんなかわいい女の子がコカイン持ってるなんて、誰も思わないでしょ」

3

「落ち着かないなあ……」

岡田が事務所のシーマを運転しながら言った。「その化粧ケースのなかに、コカインがあると思うと」

「いい」

美和子は厳しく言い聞かせるように言った。「そういう意識が、他人に悟られてしまうのよ。もう忘れてしまって。あなたは、何も知らないの。いいわね」

「わかったよ。もう二度とコカインのことは口に出さない」

「そう」

美和子は口調を和らげた。「それに、いつまでも、こんなものあずかっている気はないわ」

「どういうことだい？　警察にとどけるのかい？」

「それじゃ何も終わらないわ」

「伊達さんを助ける、なんて言い出さないでくれよ」

「あら、最初からそのつもりよ。でないと、こんなもの、あずかったりしないわ」

「下水にでも捨てちまえよ。伊達さんは長谷部さんに助けを求めてやってきたんだ。首を突っ込むのはよせ」

「そうはいかないわ。このコカインで、沢本藍子につぐないをさせてやるわ」

「つぐない？」

「そう。あたし、同じ女として、この一件にすごくいやなものを感じるの」

岡田は、思わずルームミラーを見た。後部座席の美和子の眼が映った。岡田はその眼を見て、ぞっとした。

彼はつぶやいた。

「こりゃ、本気だ。もう手がつけられない……」

美和子は、河田町にあるテレビ局でバラエティー番組のランスルーの最中だった。

番組のリハーサルは、ドライリハーサル、カメラリハーサル、そして、本番同様のランスルーと最低でも三回行なわれる。

若い女性に人気がある二人組のコント・グループを中心に、寸劇をやったり、クイズをやったり、インタビューをしたりするありきたりの番組だ。

美和子は、アイドルの笑顔で半日を過ごした。

インタビューの際、番組の司会役の芸能人から、こう言われた。

「美和子、オメエ、勉強してっか？」

「エーッ。お仕事が忙しくてェ、あんまりしてないですゥ」

「学校は行ってんのか？」

「お休みが多くて、出席日数がぎりぎりなんです」

「高校くらい出てねえと、オメエ、いくら芸能界だからって、バカにされっぞ」

「はーい。ガンバリます」

インタビューした男は高卒だった。

無事本番が終わり、テレビ局の駐車場を出たのが、夜の九時過ぎだった。

「何だよ、あのインタビュー」

岡田が文句を言う。「事務所から、プロデューサーに抗議しておくからな」

「いいから、いちいちそんなことで目くじら立てないの。このあとの予定は?」

「ラジオのゲストが一本。十時からだ。一時間もあれば終わる」

「そのあと『ゼータ』に寄ってくれる?」

「わかった」

「ねえ……」

「何だ?」

「あたし、何とか沢本藍子と共演するチャンスないかしら……」

岡田はすでにあきらめていた。反対しようが妨害しようが、美和子の考えを変えることはできない。

それなら、無駄なエネルギーを使わず、協力したほうがいい。

「あの人は女優、美和子はアイドル・タレント。同じ芸能界でも、あまり接点はないなあ……」

「雑誌の対談か何かでもいいんだけど……」

「明日、事務所へ行って何とかならないか考えてみるよ」

『ゼータ』には、指定席に常連客がすわっていた。

長谷部のとなりでは、伊達弘樹が不愉快そうな顔をしていた。

美和子と岡田が入って行くと、伊達が言った。

「案の定、警察が来たよ。家宅捜索の令状を持ってね……。家のなか、車のなか、徹底的にひっくり返していきやがった。その上、任意同行で署まで連れて行かれて、今まで油を絞られてた。マスコミが嗅ぎつけやがって、大騒ぎだ。ようやくまいてきたよ」

「明日はもっとすごい騒ぎになるでしょうね」

美和子が言うと、伊達はにっと笑った。

「そのへんのことについちゃ、頼もしい人がいるんだ。『海佑プロモーション』の小政と呼ばれている倉部専務だ。マスコミはすべてさばいてくれる。第一、俺は何もやっていないという強味がある」

「ゆうべのうちに、あたしがあずかっておいてよかったわ」

「ただ、これだけじゃ済まんだろうな……」

長谷部が言った。

全員が長谷部のほうを見た。長谷部は続けた。「警察、特に麻薬関係の捜査官は、よほどしっかりした証拠を握っていない限り、家宅捜索はやらない。空振りに終わるのを極端に恐れるんだ。警察は、伊達のコカイン所持にそうとう確信を持っている」

「おそらく、密告があったあと、撮影所で裏を取ったんだろうな」

井上が言った。

「おまえさん、マークされてるよ。最低ふたりの刑事が尾行しているはずだ。マスコミはまけても、刑事はまけない」

長谷部が言う。伊達は反問した。

「なぜだ？　どうしてそんなことがわかる？」

「麻薬犯罪の特質だよ。麻薬をやった者はたいていは中毒になる。警察の目をごまかすために一度は薬を処分しても、必ずどこかで手に入れなければいられない。そこを現行犯逮捕するわけだ」

「それって、好都合かもしれないわね」

美和子が言った。「警察官が伊達さんの無実を証明する目撃者になってくれるかもしれないわ」

「何か計画があるのかね？」

井上が尋ねる。

「簡単。女狐（めぎつね）一匹、煙でいぶり出すのよ」

美和子は、岡田に言った。「ねえ。そのためには、あたしが直接沢本藍子と話す必要があるの」

「わかったよ」

岡田は溜め息をついた。

美和子と岡田は、横浜市緑区にあるドラマ撮影用のスタジオにやってきた。

美和子と沢本藍子の共演は望むべくもなかったので、沢本藍子の撮影現場に押しかけることにした。

美和子はドラマの撮影を見学するという名目でスタジオ内に入った。

沢本藍子はスタジオのすみの折り畳み式パイプ椅子に腰かけ、ドラマの台本を読んでいた。

色が白いのがわかる。髪は長く、前髪だけをきれいにカールさせている。顔が小作りなので、いたって清楚なイメージを与える。

彼女の場合、その見かけが幸いしていた。二十五歳になるが、まだ少女のような雰囲気があり、男たちは、彼女の清純さを疑わない。

美和子は、沢本藍子をじっと観察していた。

沢本藍子は、先輩の俳優たちやスタッフにそつなく挨拶をした。仲間の女優たちと気さくに話し合い、笑顔を見せた。

「彼女は天才だわ……」

美和子はつぶやいた。岡田二郎がそっと訊き返した。

「沢本藍子も、君みたいにＩＱが異常に高いのか？」

「そういう意味じゃないわ。天賦（てんぷ）の才能に恵まれているのよ」

「天賦の才能？」

「そう。演技をする才能。彼女は、演技をすることで、自分をもだますことができるのよ」

「考え過ぎなんじゃないのか？　彼女、見たままの性格なのかもしれないぞ」

「まったく、男はああいうタイプに弱いんだから……。見てらっしゃい。今に尻尾（しっぽ）を出すわ」

「君も、尻尾を出さないように気をつけてくれ」

「本人を目のあたりにして、どうしてふたりの男を罠にかけなければならなかったか、納得できたような気がするわ」

「自分の身を守るためだろう？」

「そう。でもそれだけじゃないわ。彼女は、ふたりの男をもてあそんでいたわけだけれど、そういう解釈は、彼女が自分で作り上げた自分のイメージにどうしてもマッチしなかったわけ。それで、ふたりの男が納得ずくで、自分を抱いた——つまり、自分は小山内さんと伊達さんの慰みものにされたと思い込もうとしたわけ」

「そんな無茶な……」

「彼女のその思い込みは成功したわ。だから、彼女はおそらく復讐のようなつもりで、小山内さんを罠にかけ、そして伊達さんも同様に罠にかけようとしたわけよ」

岡田が何か言いかけたとき、沢本藍子がバッグを持って立ち上がった。

美和子が言った。

「ちょっと待っててね」

「何をするつもりだ？」

「宣戦布告。女の前哨戦」

美和子は鏡をのぞき込んでいた。となりに沢本藍子がやってきて、やはり鏡を見始めた。

「婦人用のトイレまでついてくるつもり?」

「待て。僕も行く」

淡いピンクに統一された化粧室だった。

美和子が、沢本藍子のほうを向いて、頭を下げた。

「初めまして、高梨美和子です」

沢本藍子は、笑顔を見せた。

「こんにちは。もちろんあなたのことはよく知ってるわよ」

「光栄です」

「スタジオの見学ですって? 勉強熱心ね」

「演技の勉強もして、ドラマもやってみたいな、と思いまして……」

「そう。頑張ってね……」

「ところで、沢本さんにたのめば、いいものが手に入るって、本当ですか?」

美和子は無邪気にそう言った。沢本はきょとんとした顔をしてみせた。

「何のこと？」

「アメリカではやってるやつです。お金を払えば、あたしにも都合してくれます？」

「ちょっと、あなた、何を言ってるの？」

沢本はまったく訳がわからない、といった態度を取った。

「あら……。あの噂、デマだったのかしら？」

「噂？」

「ええ。ほら、ミュージシャンの小山内さんていらっしゃいますよね。こないだコカインを持ってて警察につかまっちゃった……。あの人も、沢本さんから都合してもらったんだって……」

「ちょっと！　誰がそんなことを言ったの？」

沢本藍子の眼が光った。穏やかで上品な表情は消え失せていた。

美和子もとことん演技した。彼女は、叱られた子供のような顔になって言った。

「ごめんなさい。あたし、デマを信じちゃったみたいで……」

沢本藍子は必死に落ち着こうとしていた。

「いいのよ。悪いのはそんな噂を流した人なんだから。ねえ。誰からそんな話を聞いたの？」

美和子はすっかりしょげかえったふりをしている。

「誰だったかしら……。噂話だから……」

「思い出してよ。不愉快だから、文句を言ってやらなきゃ……」

「えーと……。そうだ、思い出したわ。確か『海佑プロモーション』の伊達弘樹さんだわ！」


美和子は、沢本藍子より一足遅くスタジオへ戻った。

「心配したぞ……」

岡田が言った。

「心配しなきゃならないのはこれからよ。どう？　彼女の様子？」

「ひどく落ち着かなくなったような気がするな……」

岡田の言うとおりだった。彼女は、いら立たしげに唇を嚙んでいる。

美和子が言った。

「今に、電話をかけに行くわよ」

「相手は？」

「伊達さんと、コカインの供給元。長谷部さんと、井上さんは伊達さんの家で待機してるわね？」

「そのはずだが……」

見ていると、沢本藍子は立ち上がった。美和子が言った。

「様子を見てきて」

「君はどうするんだ？」

「ちょっと、楽屋へ、ね。沢本さんのものは沢本さんに返そうと思って……」

「心臓に悪い。俺、君のマネージャーになって絶対寿命が縮んだぞ」


美和子は楽屋へ行った。沢本藍子は個室ではなく、四人連名の札がかかった部屋を用意されていた。

部屋は無人だった。

美和子は、沢本藍子の化粧道具入れを見つけた。本人がそれを手に下げていたところを確認している。

ドアを閉めて、手早くその化粧道具入れを開けた。二段のトレイがせり出してくる。

美和子は、ポケットからコカインの袋を取り出した。袋にはあらかじめ、二センチばかりの両面粘着テープを貼りつけてあった。

その紙をはがし、せり出したトレイの下にコカインの袋を貼った。上からは、まったく見えない。

美和子は、トレイを収め、蓋(ふた)を閉めた。

楽屋を出て、スタジオに戻った。沢本藍子と岡田はすでに戻っていた。

「どうだった?」

美和子が訊いた。

「君の言うとおり。きっちり、二本、電話をしていた。長話はしなかった」

「さて、それじゃ引き揚げましょうか」

「もういいのか?」

「仕掛けはすべて終わったわ」

ふたりは、スタジオを出た。

4

美和子は自宅まで送ってもらった。あとは彼女が手を下すことはない。

岡田の運転するシーマが去って行った。

マンションに入ろうとすると、物陰から人影が飛び出してきた。

美和子は、口をふさがれた。もがいたが相手の力は強かった。

暴力団関係者とすぐわかる男が三人いた。彼らは美和子をかかえ上げて、路上駐車していたベンツへ運ぼうとした。

「たっぷりかわいがって、記念のビデオを撮ってやるからな」

「たまんねえな。こういう余禄があるから、この稼業は、やめられねえ。タレントを輪姦せるなんてよ」

「口をふさぐにゃ、それが一番だ」

三人は、口々につぶやいた。欲望がむき出しだった。

美和子は、うかつさを後悔した。沢本藍子が、伊達に対してだけでなく、自分に対しても手を打つだろうという点を見逃していたのだ。

そのとき、路上駐車していた別の車から、人影が飛び出してきた。

三人の暴力団員のうち、ひとりが声を上げた。車から飛び出た影が、体当たりをしたのだ。

「何しやがる」

体当たりされた男は怒鳴った。そのとたんに、その男は、五発ほどのパンチを顔面に食らっていた。

最後に膝関節に下段回し蹴りを叩き込まれて倒れた。

あとのふたりが、美和子から手を離して身構えた。

街灯が、突然現れた男の顔を照らした。

長谷部修だった。

美和子は、夢中で暴力団員たちを突き飛ばして長谷部の後方へ回った。

「ちょっと離れていてくれ」

長谷部が言った。

彼は、半身のまま、ふたりのうち片方に近づいた。滑るような足取りだった。

長谷部は突然、脇にいた男に、横蹴りの足刀を叩き込んだ。不意をつかれて男はうめいた。

そうしておいて、正面の男にかかっていく。顔面を突いていくと見せかけ、踵（かかと）で、膝を蹴り込んだ。

男は悲鳴を上げた。その瞬間に、長谷部はさらに一歩近づき、顔面に左右計六発の突きを見舞っていた。

長谷部がさっと飛びのくと男がゆっくりと崩れた。

横蹴りでけん制しておいた男が、フックを出しながら突っ込んできた。

長谷部はその男にくるりと背を向けた。その回転する力を最大限に利用して、踵を相手の顔面に炸裂させる。

理想的な後ろ回し蹴りだ。カウンターで決まったため、男は、声も上げずに気を失った。

「長谷部さん」

美和子が言った。「伊達さんのところにいたんじゃなかったの？」

「伊達には刑事が張り付いてるからな。まあ、心配ないと思ったんだ。こっちのほうが手薄なんで、井上とふたりで見張ってたってわけだ」

「本当に助かったわ」

「伊達から、さっき、井上の自動車電話に連絡が入った。今夜、六本木のホテルで会いたいから、部屋を取ってくれと、沢本藍子が言ってきたそうだ」

「それで？」

「とびきり豪華なスイートを予約したそうだ。続き部屋には刑事付きだ。行ってみるかい？」

ホテルの部屋がノックされた。

伊達弘樹はチェーンを外し、ドアを開けた。サングラスをかけた沢本藍子が立っていた。

伊達は無言で身を引き、彼女を迎え入れた。

沢本藍子は、ハンドバッグと化粧道具入れ、それに衣装ケースを持っていた。そのすべてをベッドに投げ出した。

伊達が何か言おうとしたら、人相の悪い男がさらにふたり、部屋に入ってきた。

「何のまねだ？」

伊達が言った。沢本藍子はこたえた。

「余計なことを言いふらす男は、消えてもらうの。麻薬のショックでね」

ふたりの男が伊達に襲いかかった。伊達は抵抗した。男たちは、一発ずつ伊達を殴った。伊達の唇が切れた。

「くそっ！」

伊達がさらに抗（あらが）うと、男たちは、腹を膝で蹴り上げた。

突然、続き部屋のドアが開いた。

「ようし、そこまでだ」

ふたりの刑事が銃を構えて現れた。

沢本藍子と、ふたりの暴力団員は目を丸くした。

伊達は手の甲で唇から流れる血をぬぐった。テレビドラマのようなしぐさだった。

暴力団の男たちが沢本藍子に言った。

「どうなってんだ、こりゃあ？」

沢本藍子は苦肉の演技を始めた。

沢本藍子は刑事たちに走り寄り、すがるように言った。

「助けてください。あたし、この人たちに乱暴されそうになったんです」

刑事たちの後ろから、長谷部、井上、そして美和子が現れた。

沢本藍子はうつろな眼で美和子を見た。

「高梨美和子……」

彼女はつぶやいた。

美和子は言った。

「刑事さん。彼女は麻薬を持っているはずです」

沢本藍子は、わずかに自信を回復したように見えた。少なくとも、自分はコカインを持っていないという自信があったのだ。

「何をばかなことを」

「荷物を見せていただけますか？」

刑事のひとりが言った。

「どうぞ」

刑事は、沢本藍子のバッグの中味をベッドの上に広げ、衣装のポケットをすべてさぐった。そして、最後に化粧道具入れをまさぐり、コカインの入った袋を取り出した。

沢本藍子は蒼白になり、つぶやいた。

「そんな……。そんなはずは……。誰かが入れたのよ」

伊達が言った。

「小山内も、そう思ったろうな」

『ゼータ』に常連と伊達が顔をそろえていた。

「沢本藍子と暴力団の関係が暴かれたってね……」

井上が言った。「昔、金が欲しさに一本だけ裏ビデオに出たことがあったそうだ。それ以来のつながりだと言っていたが……」

「彼女も被害者かもしれないわ……」

美和子が言った。

「被害者？　何の？」

「芸能界という、虚栄の魔力の……」

「俺も反省してるよ」

伊達が言った。「もともと俺が口説いたりしなければ、こんなことにはならなかったのかもしれない」

「そういえば、小山内、起訴されず放免だってね」

井上が言った。

「当然よ」

美和子が言う。

「なあ……」

伊達が美和子に言った。「今回のお礼に、食事ごちそうするよ。連絡するから、電話番号教えて」

美和子は大声で言った。

「あ、この人、ちっとも反省なんかしていない！」

危険なおみやげをどうぞ

1

「そんな、ぎらぎらとまぶしいところは性に合いませんよ」

ゼンさんが言った。「私はうらやましいとは思いませんね」

そこは、六本木の裏路地にあるジャズ・バー、『ゼータ』だった。

マスターのゼンさんは、おだやかにほほえみ、布巾(ふきん)でグラスを磨(みが)いている。

カウンターには、常連の客がすわっている。初老のピアニストが、『ウエイヴ』を弾いている。

涼(すず)しげでなおかつどこかけだるいボサノバだ。南のにおいがする。

カウンターの井上鏡四郎がゼンさんに向かって言った。

「僕は年がら年中スタジオにこもっているからね。開放的な南の海なんか、やっぱりうらやましいね」

その眼差しはあくまでもやさしく、話しかたは知性を感じさせた。

だが、今は、少しばかり感情が昂(たかぶ)っているように見えた。

「沖縄だよ。しかも、宮古島だ。夏休みまえでそれほど混み合ってはいないだろうし……」

「遊びで行くわけじゃないですよ」

岡田二郎が言った。「美和子がドラマに初出演するんです。二時間枠のミステリー・ドラマなんですけどね……。そのロケで行くんですよ」

井上鏡四郎はさらに言った。

「君たちがドラマのロケで行くというのはわかる。だが、こいつまで同行するのは納得できないな」

彼は、カウンターが九十度に折れ曲った先にひとりですわっている男を見た。

そこが、そのたくましい中年男の指定席だった。

彼の名は、長谷部修。アクション・スタントマンだ。

長谷部修は無口な男だ。いつも、必要最小限のことしかしゃべらない。

岡田が長谷部の代弁をした。

「長谷部さんはね、アクション部分のディレクターということで契約してるんです。今回のドラマは、アクションの振り付けもかなりあるんで……」

「宮古島と聞いて、自分で売り込んだんだろう?」

井上は長谷部に言った。「多分、いろいろなコネを利用して――。あんた、そういうことをやる男だ」

長谷部は、グラスにおおいかぶさるような姿勢をしていた。そのまま、上目づかいに井上を見た。

彼は、凄味（すごみ）のある笑いを浮かべた。

彼とあまり親しくない者や、気の弱い連中を震（ふる）え上がらせるような笑顔だ。

長谷部は、ぼそぼそと言った。

「やりたい仕事があれば、俺はいつでもそうする」

「あんたがそれほど仕事熱心だとは思わなかった」

「考えを改めることだ」

「井上さん、意外と子供っぽいんだなあ」

岡田二郎が言った。「自分だけ仲間外れにされたような気分なんでしょう?」

「ふん。何とでも言え。しがない音楽家は、仕事で沖縄へ行ったりはできないんだよ」

出入口のドアが開いた。

井上、長谷部、岡田二郎、そして、高梨美和子は出入口のほうを見なかった。

それがエチケットなのだ。客が、自然に自分の視界に入るまで、目を向けない。

だが、かえってそれが奇妙な圧力となる。一見の客は、存在を無視されたような気分を味わうことになる。

「いらっしゃいませ」

ゼンさんが言った。ひとり、マスターのゼンさんだけが戸口の客を見る権限を与えられている。

そこにいたのは二組の若いカップルだった。大学生のようだった。

彼らは、六本木の表通りの店がどこも混んでいるので、裏路地へやってきたに違いない。そして、場違いなところへ足を踏み入れてしまったのだ。

最近の大学生は、分というものをわきまえていない。どんな店にも、金さえ払えば文句はなかろう、とばかりに進出してくる。

だが、この『ゼータ』はそれを許さなかった。マスターのゼンさんと、常連客が、子供や、エチケットをわきまえない一見の客を拒否する雰囲気をかもし出しているのだった。

本来の意味のクラブだった。

学生たちは、たじろぎ、一瞬、そこに立ち尽くした。

ゼンさんは、なかへ入れとも言わず、ただ眺めている。

「えーと……。また来ます……」

若者たちは逃げ出した。

ゼンさんも客も何事もなかったように会話に戻った。

「どこに泊まるんだ？」

井上が尋ねた。岡田は、ある大手資本が開発したリゾート地のホテルの名を言った。

「予定は何泊？」

「四泊五日。でも、ロケっていうのは、天気とのがまん比べみたいなもんですから……」

井上はうなずいた。

宮古島は、本島を除く沖縄諸島のなかで、唯一、東京から飛行機の直行便が出ている島だ。

ジェット機で四時間ほどと、足の便がいいので、このところ、若いカップルや、団体の観光客が増えている。

大資本が、島の一部を大々的に開発し、プライベートビーチを作り、数々のリゾート施設とホテルを作ってから、観光客は増えた。

観光客というのは勝手なもので、普段、自然破壊を嘆いていても、いざ自分が旅をするとなると、その土地の本来の生活などよりも、快適さを求めるものだ。

自然に生えている草木を除き、整地して芝を敷きつめたような場所を好むし、舗装された遊歩道の両脇に、きれいにトックリヤシが並んで植えてあるような場所を好む。

「自分は決してそうではない」と言い張る人がいるだろうが、そういう人は、旅に出たとき、自分が少数派であることを覚悟していなければならない。


「うへえ……、小さな飛行機だな……」

岡田二郎は、羽田空港に駐機している南西航空のボーイング737機を見て言った。

「ジャンボを見慣れたからよ。立派なジェット機じゃない」

「平気なのか？　四時間も乗るんだぜ」

「ジャンボの国内便で一時間、なんていう旅ばかりしているから、そういうこと言うようになるの。アメリカの国内便なんて、もっとずっと小さい飛行機で長時間飛ぶ路線がたくさんあるわ」

「そりゃそうだろうが……」

岡田はタラップを上った。

高梨美和子は、アメリカで数年を過ごしている。留学だが、ただの留学ではない。

彼女は十七歳でカリフォルニア大学バークレー校を卒業した天才少女なのだ。

十九歳になったとき、彼女は理論物理学と哲学の修士号を取った。

現在、博士論文をものしようとしているのだが、芸能界デビューで、学究活動が棚上げになっている。

機内は狭いが、両側に座席が三列ずつ並んでいる。二十年ほどまえは、この程度の旅客機が幹線の主力機であり、海外便用の機でもあったのだ。

午前九時三十分、予定どおり宮古行き直行便は飛び立った。ロケのスタッフやクルーは先乗りしており、あらかじめ、ロケハンを済ませる手筈（てはず）になっている。

「こんな重いものが宙に浮くなんて、不思議だよなあ……」

岡田二郎がつぶやくように言った。それを聞いた美和子が言う。

「凧（たこ）を揚げたことはないの？」

「あるよ。なんで？」

「凧が揚がるのは不思議だった？」

「いいや」

「この飛行機だって、凧と同じよ」

「そこんところが理解できない」

「ベルヌーイの定理」

「何だそれ？」

「基本的航空力学。翼の面と空気の流速の関係よ」

「えーと、その……」

「翼面荷重という言葉があってね。これは、飛行機の重量を翼の面積で割った値なの。つまり、これは、一平方メートル当たりの揚力に等しいの。翼面荷重は、軽飛行機では五十ないし百キログラムだけれど、ジェット機では、五百キログラムくらいで……」

「わかった、わかったよ……」

岡田は周囲を見回した。幸い、機内はすいていて、近くに、ふたりの会話を聞いていた者はいない。「君の専門知識を刺激するようなことを言って悪かった」

「あら。あたしの専門は理論物理学よ。機械工学は専門外よ。一般教養だわ」

「とにかく、アイドルがそういうこと言うの、他人に聞かれるとまずいんだよ」

「わかってるわよ。あたしだって用心しているから、だいじょうぶ」

ベルト着用のサインが消えると間もなく、三人組の少年が近づいてきた。

岡田二郎は面倒なマネージャーの仕事が発生したことに気づいた。

三つ並んだシートの窓側に美和子がすわり、通路側に岡田がすわっている。中央の席は空いている。

少年のひとりが、顔を赤らめておずおずと言った。

「あのう……、写真を撮らせてくれませんか……？」

ファンを冷たくあしらうわけにはいかない。かといって、甘い顔をすればどこまでもつけあがる連中だ。

時と場所を見極めて対処しなくてはならないのだ。

岡田は言った。

「悪いね。移動中はかんべんしてくれる？　空港に着いてタクシーに乗るまでに、撮らせてあげるから」

美和子はアイドル笑いを浮かべて三人を見た。サングラスをかけてそっぽを向くようなまねはしない。

もっとも、最近、そういうまねをするアイドルは少なくなった。

少年少女の世界は噂が新鮮なメディアとして大きな効力を持っているのだ。

彼らの情容赦のない噂はあっという間に全国に広がり、新人アイドルのひとりやふたりは、簡単に抹殺（まっさつ）してしまう。

「ごめんなさーい」

美和子はアイドル顔で、「ぶりっこ」をして見せた。

三人の少年はそれだけで満足したようだった。

岡田二郎はほっとした。柄の悪いのにつかまると、所かまわず凄んだり、喧嘩を売ってくることすらあるのだ。

そして、例えばひとりに写真撮影やサインを許すと、それを見ていた連中が次から次へとやってくることになる。

「うまく切り抜けてくれたな」

岡田はささやいた。

「えー？　美和子、普通にしてただけよー」

彼女はアイドル・タレントの顔に切り替えていた。

「ずっとそうやっていてくれると助かるんだがな」

美和子はいつの間にか眠っていた。

飛行機が着陸して岡田に起こされるまで気がつかなかった。

タラップが装着されドアが開く。

美和子と岡田は客の列について出口へ進んだ。

機から一歩出たとたん、南国の大きな太陽に照らされた。真夏のにおいがする。どこかけだるく、しかもはなやいだにおいだ。

2

Tリゾート・ホテルは、客室数がそれほど多くないので、すぐに満室になってしまう。

敷地は広く、プールもあり、さらに、プールのむこうには美しい海岸がある。与那覇前浜(よなはまえはま)ビーチだ。絵ハガキのように、白い砂と青い海が広がっている。南の珊瑚礁(さんごしょう)でしか見られない景色だ。岡田二郎は、白い砂浜を見て言った。

「こりゃすごいや……。まるで、セットみたいにきれいだ」

彼は半袖のポロシャツにショートパンツという姿に着替えていた。すっかり、リゾート気分になっている。

美和子はジーパンをはき、長袖のパーカーを羽織り、なおかつつばの広い木綿の帽子をかぶっていた。

「おい。いい心がけだが、本格的な女優じゃないんだから、少しくらい日に焼いてもいいんだぞ」

岡田が言った。「水着になって泳いでもいい」

「肌を焼くのは趣味じゃないの」

「若いのに変わってるな」

「ワンレン、ボディコン、小麦色のハワイ焼け……。岡田さんがイメージする若い女のコって、そういうイケイケ・ギャルなわけね」

「まあね」

「女のコになめられちゃうわよ」

「放っといてくれ」

夕刻にスタッフたちがロケハンから帰ってきた。

ディレクターは、つばの大きなキャップをかぶり、サングラスをかけていた。

赤いショートパンツにサンダル、グリーンのポロシャツという恰好だ。

スタッフといっしょに、長谷部修が現れた。彼はタンガリーのシャツの袖をまくり、伝統的な型のジーパンをはいている。

レイバンのサングラスをかけていた。別にこれといっておしゃれをしているわけではないが、たいへん決まって見えた。

リゾート・ウエアなど着ていなくても絵になる。ロサンゼルスの生活が長かったせいかもしれない。

美和子はスタッフたちに、頭を下げ、「おはようございます」と大きな声で挨拶をしている。

岡田もいっしょになって頭を下げている。

ディレクターは坪井（つぼい）という名だった。すでに中年だが、若さにしがみついていたいタイプに見えた。

美和子は最後に、長谷部修に挨拶しようとして、一瞬、目を丸くした。

彼のうしろに意外な人物の顔を見たのだった。

「井上さん！」

美和子は思わず叫んでいた。岡田もあっと声を上げた。

井上鏡四郎は、涼しげな笑顔で言った。

「長谷部だけにおいしい思いはさせない」

岡田が言った。

「だって、仕事は……？」

「このドラマの音楽監督ね、僕がやることになったんだ」

「驚いたな……」

長谷部が優雅ともいえる笑いを頬に浮かべた。

「すべてコネだ」

井上鏡四郎はうなずいた。

「そう。世の中、すべてコネだ」


夕食はバイキング形式のレストランで取った。

長谷部、井上、岡田、そして美和子がひとつのテーブルに着いた。

スタッフたちは、別の大きなテーブルを占領していた。

井上が言った。

「夕食が済んだら、外を散歩しよう。すごく星がきれいだ。ヤシの葉が揺れ、その間に大きな星がまたたく。南国の夜だ」

長谷部はビールのグラスを口に運んでいる。彼はどんな時、どんな場所でも自分のスタイルを崩しはしない。

レストランのドアが開き、美和子たちのロケ隊と似たような人相風体をした集団がにぎやかに入ってきた。

彼らは、美和子たちのロケ隊に、目礼をした。

「あの人たちは何かしら?」

長谷部が、横目づかいに出入口のほうを見て、言った。

「連中も、テレビ番組のロケで来ている。やはり、二時間枠のアクション・ドラマだということだが……」

「今ごろの沖縄はロケのラッシュだからな……」

岡田が言った。「グアムやサイパンのほうが旅費は安く済むんだが、いろいろな便宜をはかろうとしたら、やっぱり国内じゃなきゃあね」

「ロケ隊がふたつも入っているなんて、ホテルもたいへんね」

美和子が言う。

「宮古の中心地は平良市だけど、市内にはビジネスホテル程度のホテルしかない。特にマスコミの連中なんかは、このリゾートホテルに泊まりたがるのさ」

岡田がしたり顔で説明すると、長谷部はかすかに鼻で笑った。

「俺はそっちのホテルに泊まりたい。こういうちゃらちゃらした場所は性に合わない」

「どこの局かしら?」

美和子が尋ねると、長谷部は興味なさそうに言った。

「さあね。連中はどうせ下請けのプロダクションだ。俺たちのロケ隊と同じでね」

「アクション・ドラマと言ったわね？」

「ああ……。暴力団抗争に題材を取ったドラマらしい。派手にドンパチやるって話だ」

「どうして、こんな南の島で……？」

「リゾートを兼ねてるんじゃないのか？」

井上鏡四郎が言う。「どうせ仕事をするなら、気分のいい場所がいい」

長谷部は何も言わなかった。


美和子たちのロケを行うプロダクションは、『当亜映像』といった。社長は、テレビ局から独立した男で、手広く仕事をこなしている。

ディレクターの坪井の話によると、もうひとつのプロダクションは『バックス・プロダクション』という名だった。

『当亜映像』に比べると、規模も小さく、こなせる仕事の量も少ない。

つまり、競争力があまりないということだ。そのうえ、こうした職業は機材の買い替えや消耗品に金がかかる。人件費もばかにならない。

『バックス・プロダクション』は、経営的にかなり苦しいという話だった。

坪井ディレクターは、こうした話を美和子に直接したわけではない。

岡田二郎が坪井と話をしているのを、美和子が脇でさりげなく聞いていたのだ。

翌日の朝、『バックス・プロ』の一行は、比較的大きなクルーザーをチャーターして、沖へ出て行った。

「沖へ出て、何をやろうってんだろうな?」

『当亜映像』のスタッフのひとりが仲間に言った。仲間のスタッフがこたえる。

「知ったことかよ。今日の便で、メインの役者がやってくる。忙しくなるぞ。機材のチェック、早く済ませようぜ」

ドラマの撮影というのは、待ち時間が多い。美和子は、日に焼けないようにつば広の帽子をかぶり、プールサイドのテラスにあるテーブルのところにすわっていた。

彼女は、脚本を何度も読んで、溜め息をついた。

美和子の役どころは、宮古島に旅行に来て殺人事件に巻き込まれた高校生の役だ。

岡田がやってきた。

「何飲んでるんだ?」

「グアバジュース」

「……で、何が不満なんだ？　ジュースの味か？」

「脚本。安易なストーリー。陳腐な台詞。無理な設定……」

「はいはいはい。わかりました。俺もそのグアバジュースをもらおうかな？」

彼はウエイトレスを呼んだ。

「撮影の進行具合はどう？」

「天気に恵まれているから、まあまあ順調だ。大物がまだおとなしくしてくれているんでな……」

ドラマの撮影は、必ずしも脚本どおりに進められるのではない。

同じ場所で起こるエピソードは、すべて一度に撮ってしまう。

また、売れっ子の役者などは、スケジュールの関係もあって、どんどん先に撮ってしまう。

大物は、その点がおもしろくない。当然、スタッフにクレームをつけてくる。

そういった役者同士の確執が絶えないものなのだ。

ただ、連続ドラマなどは事情が変わってくる。出演者たちは、たいてい、家族のように仲がよくなってしまうからだ。

その日、美和子は、二シーン、五カットだけで仕事が終わった。

翌日は移動して、平良市の熱帯植物園でロケが行われた。

スタッフは、レンタカーのワゴン車に機材や小道具の入った箱を大急ぎで詰め込み、現地に向かった。

熱帯植物園に着き、荷を下ろしていたスタッフのひとりが声を上げた。

「ありゃあ！　何だ、これ？」

彼は、小道具を入れる四角いジュラルミンのケースをのぞき込んでいる。

「何だ、どうした？」

ディレクターがいら立たしげに訊いた。

「こんなもん、使いませんよね？」

彼は箱のなかから、自動拳銃を取り出して掲げた。

「ああ……？」

ディレクターは舌打ちした。「ドンパチは『バックス・プロ』の仕事だ。間違って積み込んだな……」

「そうかもしれませんね……」

「ばかやろう。連中、あわてて探し回ってるかもしれんぞ。早く返してこい」

「はい……。だけど、こいつ、リアルだなあ……」

長谷部修がそのやりとりに気づいて近づいてきた。

「見せてくれ」

彼は拳銃を手に取った。

顔色が変わった。

「リアルで当然だな。こいつは本物だ」

スタッフとディレクターは顔を見合わせた。

「本当かい、長谷部さん……」

ディレクターの坪井は、ジュラルミンの箱のなかをのぞき込んだ。

油のしみた布でくるまれた、明らかに拳銃とわかるものが、九挺収まっている。

長谷部が手にしているものを含めると、ちょうど十挺になる。

長谷部は、顔色ひとつ変えず、フィールドストリッピングを始めた。

マガジンを抜き出し、フレーム右側の分解キーを左に押す。

銃口のリコイルプラグを押し込んでおいて、バレル・ブッシングを右に回転させる。

スライド・ストップを脇に抜き取ると、スライドとバレルを前方に抜き出すことができた。

最後に、ハンマー・グループを抜き取った。

鮮やかな手つきだった。

ディレクターとスタッフは、唖然として見つめていた。

長谷部はつぶやくように言った。

「グリップに星のマークが入っている。そして、製造番号が刻まれていない。トカレフM1930と同じ形だが、54式と呼ばれている中国製の銃だろう」

長谷部は、すぐに銃を組み直した。

「なあに、それ？」

三人の男は、はっと振り返った。美和子が立っていた。

坪井ディレクターは、曖昧な笑いを浮かべて言った。

「『バックス・プロ』の小道具だよ。間違って積み込んじまったらしい。まったく、同じホテルにロケ隊がふたつも入ってるんだから、ややっこしいことだって起きるよな」

長谷部はしばらくトカレフを見つめていたが、やがて、布でくるみ、箱のなかに戻した。

「どうします、これ……」

「あとで考える。撮影に入るぞ。太陽は待ってちゃくれないからな」

長谷部は黙ってその場を離れた。美和子がそのあとを追った。

「長谷部さん」

「ん……？」

「あの銃、本物だったんでしょう？」

長谷部は立ち止まった。

「どうしてそう思うんだ？」

「坪井さんたちの顔色、尋常じゃなかったわ」

長谷部は振り返って美和子のほうを見た。

「あんたに嘘をついても無駄なことはよく心得ている。そう。あれは本物の中国製トカレフだ」

「『バックス・プロ』の荷を間違って運んできたというのは本当なのね？」

「本当のようだ……」

「なるほど……」

長谷部は、黙って美和子を見ていた。

「『バックス・プロ』の連中がクルーザーで沖に出て行った理由がわかったわ。沖合で、外国の船と荷の受け渡しをしたのね」

「そうだ。つまり、やつらは、密輸をやっているということになる」

「小道具のモデルガンのなかに本物を紛れ込ませて、運ぼうとしたわけね」

「……そして、東京、あるいは大阪に運ばれた銃は暴力団の手に渡る」

「覚えてる？　この沖縄で、暴力団の抗争に巻き込まれて、高校生が撃ち殺されたのを」

「八王子のマンションで普通のサラリーマンが暴力団員に殺されたことがあった。そのとき使われたのは、あれと同じ、中国製のトカレフだった。つまり密輸拳銃だ」

「許せないわ。そんな密輸……」

「だが、どうする？　坪井は、事なかれ主義だ。そっと荷を返してシカトを決め込むつもりだ」

「一挺だけでいいわ。あの箱から持ち出して」

「どうするんだ？」

「『バックス・プロ』の連中に、素敵なおみやげをあげるの」

長谷部は反論しかけた。

だが、それが無駄なことも知っていた。美和子の頭の回転には、誰もかなわない。

「何とかやってみよう」

長谷部は、それだけ言って、歩き去った。

3

岡田二郎の部屋では、彼と美和子、そして、長谷部、井上が、一挺の黒光りするトカレフを見下ろしていた。

「警察にとどけりゃ、それで済むことじゃないか……」

岡田二郎が言った。長谷部は、慎重に言った。

「これだけ計画的に事を運んでいる連中だ。警察が乗り込んできたときの対処法くらいは考えてあるだろうな……」

「警察が道具箱を調べて、そこに銃があれば、言いのがれはできないじゃないか……。どんな対処のしかたがあるっていうんだ?」

「そうだな……」

井上が言った。「岡田の言うこともっともだ。この件は明らかに警察の領分だ」

じっと考えていた美和子が言った。

「あたしたちを利用しようとしているのかもしれないわ」

「何だって？」

岡田二郎が訊いた。「どういうことだ？」

「『当亜映像』のスタッフが、間違えて荷を積み込んだのも、偶然じゃないかもしれない。いえ、そもそも、ロケがぶつかったのも偶然じゃないかもしれないわ」

「『バックス』の連中は、『当亜映像』のスケジュールに合わせて、ここへやってきたというのか？」

井上が訊く。美和子はうなずいた。

「そして、そのスケジュールに合わせて、密輸の段取りを組んだ……」

「でも、何のために？」

岡田が尋ねる。

「それが、警察の捜査に対する用心だったのかもしれないわ。つまり、警察が来たとたん、銃の荷を、『当亜映像』の荷のなかに紛れ込ませてしまう、とか……」

「そんな余裕、あるかな？　警察だって慎重に踏み込むだろうし……」

美和子は、長谷部のほうを向いた。

「この銃は、昼間、長谷部さんが持っていたもの?」

長谷部は首を横に振った。

「わからない。隙を見て手さぐりで持ち出してきたからな……。おそらく、別の銃だろう」

「だったら、『バックス・プロ』は目的を半分くらい達成しているわ。あの銃には、長谷部さんと、銃を見つけたスタッフの指紋がついているはずだもの。『バックス・プロ』の連中は、用心して指紋などつけていないとすると……」

「銃は、『当亜映像』のものだと言い張る根拠になるな……」

井上が言った。

「銃の入った箱はどうしたんだろう」

岡田二郎が言った。長谷部がこたえた。

「スタッフが、こっそり『バックス・プロ』の機材車に戻しに行くことになっている」

「銃を見つけたスタッフ?」

美和子が訊くと、長谷部は無言でうなずいた。

「そう……。責任を取らされるというわけね……。何だか、悪い予感がするわ」

外のベランダに通じる大きな窓は開け放たれていた。

そのため、外の音がよく聞こえてきていた。急に、外が騒がしくなった。

「何だろう?」

岡田二郎が立ち上がってベランダへ出て行った。手すり越しに下を見る。「ありゃあ。けが人のようだぞ……」

「けが人?」

井上が訊く。

「ああ……。あれ?『当亜映像』のスタッフじゃないか?」

長谷部と美和子の眼が合った。

ふたりは同時に立ち上がっていた。

「行ってみましょう」

美和子が言った。そのときには、もう彼女の手はドアのノブにかかっていた。

「やっぱり……」

美和子は血を流している若い男を見てつぶやいた。

「あまり見ないほうがいい」

井上が言った。

「例のスタッフ?」

岡田が長谷部にそっと訊いた。長谷部はかすかにうなずいて見せた。

長谷部は、奥歯を嚙みしめ、若いスタッフのほうを見ていたが、人垣のなかに坪井ディレクターを見つけて、近づいて行った。

長谷部は坪井の腕をつかんだ。

坪井は、驚いて振り返った。長谷部は尋ねた。

「どういうことなんだ?」

坪井は、周囲を見回し、人垣から離れた。

「俺にもよくわからん。例の荷物をそっと返しにやったんだ。そうしたら、四階のベランダから飛び出してきたというわけだ」

長谷部はうなずいた。逆に坪井ディレクターが訊き返した。

「なあ……。こりゃ、どういうことなんだ?」

「口封じと見せしめ……。要するに、俺たちに威(おど)しをかけているわけだ。素人のやりかたじゃないな……」

「そういえば……。『バックス・プロ』のなかにひどく柄の悪い感じの男が三人ほど混じっていたっけ……。てっきり、役者だと思っていたんだが……」

「そいつだ」

長谷部は言った。「そいつらは本物だよ」

彼は坪井から離れた。

救急車のサイレンが聞こえてきた。

「暴力団員が同行していたなんて、うかつだったわ……」

美和子が言った。傷ついているように見えた。「あたしたちがピストルを一挺抜き取ったりしたから……」

「それは違うな」

長谷部が言った。「数がそろってたって、あいつは同じ目にあったはずだ。要するに、銃を見た者の口を封じるための見せしめだったんだ」

「ベランダから突き落とされたんでしょうかね……」

岡田がおびえた様子で言った。

「当然、そうだろう」

長谷部がこたえた。

「部屋で尋問されただろうな。つまり、誰が拳銃を見たか、といったようなことを」

井上が言うと、長谷部がうなずいた。

「おそらくな。そして、ヤクザの質問にこたえずにいられる度胸のあるやつなど、そういない」

「じゃあ、あんたが拳銃を見たということも知られているわけだ」

「好都合だな」

「あんた、怒ってるな？」

「銃の密輸だけでも許せないのに、やつら、俺の目のまえで、見せしめなんぞをやりやがった。こういうやりかたは好きじゃないんだ」

「あたしもよ」

美和子が言った。「ちゃんと罪はつぐなってもらわなきゃあね……」

四階のベランダから落ちたスタッフは、重傷だったが、命に別状はなかった。

しかし、警察の調べに対して彼は、自分の不注意による事故だと言い張った。

暴力団員たちの威しが骨の髄まで浸み渡っているのだ。

事故だと本人が主張する限り、警察の調べは、その先へは進めない。その一件は事故ということで処理され、警察は調べを打ち切った。

撮影の最中に、ディレクターが長谷部のところにやってきた。蒼い顔をしている。

「『バックス・プロ』といっしょにいたヤクザが訳のわからないことを言ってきた」

「何だ？」

「銃が一挺足りないと言っている。箱のなかに戻しておけと言うんだ。俺には何のことかわからん」

「俺にはわかる」

　坪井は、口をぽかんとあけてしばらく長谷部を見つめてから言った。

「あんたが持ち出したのか？」

「それは知らんほうがいい」

「冗談じゃないぞ。その件でゆっくり話がしたいから、今夜、部屋まで来いと言われているんだ」

「あんたの代わりに俺が行こう」

「だが……」

「だいじょうぶだ」

「……本当に任せちまっていいのか？」

「俺がまいた種だ」

坪井はまず安堵の表情を見せ、次に少しばかり気恥ずかしそうな顔で言った。

「そうか……。よろしくたのむよ。俺はああいう連中が苦手でね」

ヤクザの相手をするのが好きなやつなどいるものか、と思ったが、長谷部は黙ってうなずいた。

その夜、岡田二郎の部屋にいつもの四人が集まった。

長谷部が、坪井から聞いた話をする。

美和子は、しばらく無言で熟考していたが、やがて、てきぱきと指示を出し始めた。

岡田二郎が、美和子に言われたとおりに、何か所かに電話をし、長谷部は、暴力団員たちの部屋を訪れる用意をした。

三十分後に長谷部はひとりで四階の部屋に向かった。部屋では三人の暴力団員が待ちかまえている。

ノックをすると、角刈りの目の細い男がドアを開けて隙間からのぞいた。

「何だ、おまえは?」

「坪井さんの代理で来た」

「代理だと？　なめたこと言ってんじゃねえ。本人に来いと言え」

角刈りで目の細い男はドアを閉めようとした。

長谷部はドアをおさえた。ドアはその瞬間からびくとも動かなくなった。角刈りの男が眼を光らせた。

危険な光だった。長谷部は、顔色ひとつ変えずに言った。

「ディレクターの坪井さんはなくなった拳銃のことは知らない。知っているのは俺だ」

角刈りの男は、しばらく長谷部を睨んでいた。やがて彼は、「待っていろ」と言って、いったんドアを閉めた。

再びドアが開いた。今度は大きく開かれた。テラスにつながるガラス戸のまえにソファがあり、ソファには、ふたりの男が、体を投げ出すようにすわっていた。

片方は肩幅が広く、腹が突き出している。髪をオールバックになでつけている。

もうひとりは、ひどくやせていて、異様に目が大きい。

三人とも暴力のにおいがぷんぷんする。最近はやりのエリート・ヤクザなどではない。

筋金入りの武闘派であることがすぐにわかる。銃を欲しがる理由も、長谷部にはよくわかった。

オールバックの男の貫禄（かんろく）が一番勝っていた。角刈りの男は、オールバックの幹部に何やら耳打ちをした。

オールバックの男は、目を細めて長谷部を見ている。その眼の奥がちかちかと底光りしている。

長谷部は、足を肩幅くらいに開き、床を踏みしめるような気持ちで立っていた。

オールバックの男が言った。

「おまえの名前を当ててみようか？　長谷部だ。違うか？」

「ほう……」

長谷部は言った。「あんたのような人でも頭が働くことがあるんだな？」

部屋のなかの空気がいっぺんに緊張の度合を高めた。何もかもが静電気を帯びて、ぴりぴりと放電しているような感じがした。

「おまえは、長谷部か？　どうなんだ？」

オールバックの男は、凄むように尋ねた。

長谷部はうなずいた。

「そのとおりだ。わかったぞ、あんた、俺と坪井さんの名前を聞き出してから、あの若者を窓から放り出したんだ」

「運のいいやつだよ」

やせて目の大きい男が言った。「舗道にではなく、芝生の上に落ちやがった」

「おまえたちはばかだからわかるまいが、そういうことをされると、逆に黙っていられないという人間もいるんだ」

オールバックはかぶりを振った。

「残念だが、そんな人間はいない。おい。長谷部さんに、俺たちに対する口のききかたを教えてやれ」

角刈りがゆっくり近づいてきた。

一転して素早い動きになり、長谷部の頰にフックを叩き込む。

長谷部は、その動きを予測していたが、あえて防いだり、かわしたりしなかった。

その代わり、ダメージが少なくて済むように、パンチが当たった瞬間、大きくのけぞり、自ら後方に吹っ飛んだ。

一度ベッドの上に倒れ、さらにバウンドした勢いで、並んでいるふたつのベッドの間に落ちた。

そこでうつぶせになり、あえぐようなふりをした。

ガラス戸のほうで三人がにやにやしているのがわかる。

「立ちなよ、長谷部さん」

オールバックの男が言った。「そんな恰好じゃ話ができない」

長谷部は立ち上がった。舌で頬の内側をさぐった。やはり切れてきた。血の味がする。

オールバックの男は尋ねた。

「拳銃はどこにあるんだ？」

「高梨美和子というタレントがいる。その娘にあずけてある」

「高梨美和子？　どうしてそんな娘にあずけた？」

「誰もアイドル・タレントが銃を持っているとは思わんだろう」

「なるほど、考えたな……。いま、その娘はどこにいる？」

長谷部は部屋の番号を教えた。

「よし、行ってみよう。長谷部さん。あんたが俺たちを案内するんだ」

長谷部が三人の暴力団員を連れて現れたとき、美和子は、驚きの表情を浮かべて見せた。そして、おびえた顔をした。

もちろんすべて演技だった。

最後に部屋に入った、やせた男がドアを閉めた。ドアはオートロックで、閉めたとたんに鍵がかかる。

「お嬢ちゃん」

オールバックがにやにやして言った。「長谷部さんからあずかっているものを渡してもらおうか？」

美和子は長谷部を見た。どうしていいかわからないといった様子だった。長谷部は、あきらめたようにうなずいた。ふたりとも名演技だった。

美和子は、パーカーをめくり、ジーパンに差し込んでいた黒いオートマチック拳銃を取り出した。

「さ、それをこっちへ渡してもらおう」

オールバックがそう言ったとき、ドアを激しくノックする音が聞こえた。

「開けなさい。警察だ！」

角刈りとやせた男は思わず顔を見合った。オールバックの男は一瞬たじろいだが、すぐに余裕を取り戻した。

オールバックは、角刈りに命じた。

「開けてやれ」

角刈りがドアを開けると、制服警官二名と私服の刑事らしい男が二名、部屋に入ってきた。

オールバックの男は言った。

「こいつはいいところに来てくれた。見てくれ、あのお嬢ちゃんが持っているものを。俺たちは、ここにいる連中が銃の密輸をやっていることをあばいたんですぜ」

刑事のひとりが言った。

「銃の密輸の情報はまえまえから知っていた。私たちは沖縄県警本部から、宮古にやってきて、チャンスを待っていた」

もう片方の刑事が美和子に近づき、その手から銃を取り上げた。

そして、言った。

「これは私たちが気にするような代物じゃないな……」

「何だと……?」

オールバックは訳がわからないといった顔をした。拳銃を調べた刑事が言う。

「こいつは撮影用のモデルガンだ」

「ばかな……」

「嘘じゃない」

刑事は銃をオールバックの男に見せた。オールバックは長谷部を見た。

「てめえ……」

刑事がオールバックに言った。

「あなたがたの部屋を見せていただきたいのですが」

「令状を持ってこい」

オールバックが言った。「……と言いたいところだが、かまわねえよ」

刑事と三人の暴力団員、制服警官は、暴力団員たちの部屋へ行った。

刑事と制服警官は慣れた手つきで部屋のなかをくまなく探し始めた。

三人のヤクザはその様子を、面白げに眺めていた。

刑事のひとりが、ふたつのベッドの間を這い回った。彼は右側のベッドの下に手を差し込み、ふと体の動きを止めた。

彼は言った。

「困ったことになったな……」

「何だい」

オールバックはにやにやしながら言った。刑事が立ち上がる。彼は、トカレフ自動拳銃のトリガーガードに人差指を入れて、ぶら下げていた。

暴力団員たちの顔色が変わった。

その直後の三人の動きはすばらしかった。制服警官たちを突き飛ばして、廊下へ飛び出した。

そこに長谷部が立っていた。

まず、角刈りが長谷部に殴りかかった。長谷部は、タイミングをはかり、わずかに身を沈めて、カウンターの突きを顔面に叩き込んだ。角刈りは一発で沈んだ。

やせた男がハイキックを飛ばしてきた。キックボクシングの経験がありそうだった。

長谷部は、退(さ)がらず逆に、相手の膝のあたりを打ち上げるように飛び込んだ。

相手はひっくり返った。その後頭部を足の甲で蹴り、眠らせた。

オールバックは刃物を抜いた。そのまま突き出してくる。

長谷部は両手でその刃物を持つ手をそらしつつ、正面から相手の膝を蹴り下ろした。

がくんとオールバックは膝をついた。

彼らの抵抗はそこまでだった。あとは警察の仕事だった。

プールサイドでアセロラ・ジュースを飲みながら美和子は、岡田と井上に言った。

「いいタイミングだったわ」

岡田はこたえた。

「当然だよ。となりの部屋で刑事たちと、じっと聞き耳を立てていたんだ」

井上が言う。

「しかし、ヤクザたちも、長谷部がわざわざ銃を隠すために部屋に行ったとは思わなかっただろうな」

「部屋を訪ねるときは、おみやげを持っていくのが常識よ」

美和子が言った。

「少しは気分が晴れたか？」

井上が長谷部に尋ねる。長谷部は、少し照れたように片方の肩をすくめた。

「美和子ちゃーん。そろそろ、出番だよー」

アシスタント・ディレクターが呼びに来た。

美和子は、瞬時にアイドルの顔になった。

「はーい。よろしくお願いしまーす」

その一言にご用心

1

ドアを開けて店に入ったとたん、異様な熱気と喧騒に包まれ、高梨美和子は一瞬、立ちすくんだ。

ディスコのような大音響だけのリズミカルなやかましさではない。何か、店全体が躁（そう）状態という感じがする。

アイドル歌手のコンサートのような奇妙な熱狂といったらいいだろうか……。

そこは、六本木のかなり飯倉片町（いいくらかたまち）寄りに建つビルのなかにあるカラオケ・パブだった。音楽業界や放送・映像業界、そして広告代理店といった、いわゆるカタカナで書く『ギョーカイ』の人たちが集まるので有名なカラオケ・パブだ。

それほど広い店ではないが、カラオケ・パブには手ごろだ。どの席からも入口脇のステージが見えなければならないからだ。

この店はギョーカイの人間だけでなく、芸能人もよく遊びに来る。まわりの客が自分たちを特別な眼で見ようとしないので、気が楽なのだ。

常に見られることを意識して、そのことに快感を覚えている芸能人でも、たまには一般人のように遊びたいこともある。

まだ三十歳にならないテレビ局のディレクターが美和子の肩を軽く押した。

「さ、席、予約してあるから入って入って」

高梨美和子は押されるままに店内に入って行った。若い女の客が多いな、と思った。彼女らは一瞬、美和子のほうを見て、指を差したり、耳打ちしたりしていたが、すぐに関心をなくしたようだった。

いかにもギョーカイといった感じの男たちも、美和子を一瞥はするが、わざと無視するような態度を取っている。

だが、彼らは、それとなく何度も美和子のほうを見ている。気になるのだ。

高梨美和子は、人気上昇中のアイドル・タレントだ。

右に分けて、肩のあたりで切りそろえたくせのない髪は、さりげない魅力があり、このところの芸能界でもこうしたタイプがはやりつつある。

コンサートでは、パンクロッカーのように派手な髪型をするが、普段テレビや雑誌には素顔に近い、自然な恰好で出る。

その使い分けをするようになったのだ。

これは、テレビで歌番組が減り、バラエティー番組やクイズ番組が増えたこと、そして十代の読者中心のアイドル情報誌や、写真投稿雑誌が市民権を得たことが大きく影響しているらしい。

美和子の魅力は目と唇だ。全体に小づくりの顔のなかにあって、目だけが大きい印象がある。

白眼の部分が青みがかっていて、瞳は黒々とよく光る。そのコントラストは、たいへん美しい。

唇は、小さいのだが、形がよく、やや肉厚で、彼女のなかで唯一官能的な魅力がある。

美和子ファンのなかには、この唇に心を奪われた者も多い。

彼女のうしろから、マネージャーの岡田二郎がついていった。常に何か心配事をかかえているような男だ。

その場を仕切っているのは東テレの宇和島（うわじま）という男だった。若いギョーカイ人にありがちな上っ調子の男だ。

彼は、自分の言いなりになるADをふたり連れてきていた。ADたちは、高梨美和子と遊びに行けると聞くと、疲れも寝不足も忘れたようにすっとんできた。

美和子はアイドルらしく目を丸くしてディレクターの宇和島に尋ねた。

「こういう店って、いつもこんなに盛り上がってるんですか？」

「なんだ、美和子ちゃんはこういう店、来たことないの？」

「ええ、初めてです」

「たいていこんなもんだがね、おそらく、彼がいるから大騒ぎなんだよ」

宇和島はステージのすぐそばの席を指差した。ひとりのひょろりとした男がだらしなくソファに身を投げ出しており、そのまわりに派手な化粧に、露出度の大きい服を着た女たちがまとわりついている。

「あら、矢崎周一（やざきしゅういち）……さん」

美和子はつぶやいた。

岡田二郎は一瞬ひやりとした。美和子はいまだに、芸能界の人々は自分とは無縁の人間と考えているフシがあり、時折、一般人と同じく呼び捨てにしてしまうのだ。

宇和島はうなずいた。

「そのとりまきが来てるんだろう。あのへんの女の子だけの席はみんなそうだ。たぶん女子学生だな」

「へえ……」

美和子たちは席についた。まず若いＡＤたちが歌って場を盛り上げる。彼らは、ウケるコツを心得ていた。

日がな一日、狂躁的なテレビの世界にいれば、いかにウケを取るかだけが価値観となってくる。

宇和島が歌い、戻ってくると今度はしきりに美和子に歌うことをすすめ始めた。

岡田がそっと耳打ちしてきた。

「かたくなに断ってもいけないんだよ、こういう場合」

だが、実際、美和子は歌謡曲をほとんど知らないのだった。こういう場合、ヒット曲のひとつも歌えば、おおいに座が盛り上がるのだが……。

美和子はカラオケ・メニューのなかに、ビートルズの曲を見つけた。ビートルズなら、彼女がアメリカにいたときに何度か聞いたことがある。

彼女はイエスタデイをリクエストし、何とか無事に歌い終えた。思った以上に好評だった。

中年になりかかったギョーカイの人々が喜んで拍手をしている。女子大生のなかからも「カーワイイ」という声が洩(も)れている。

美和子が席に戻ると、程なく、見知らぬ若者がやってきた。

ようとした。

「あの、私、こういう者ですけど」

名刺を出した。美和子に向かって差し出したのだった。美和子は受け取り、それを見

すぐに岡田が横から手を伸ばし、名刺を取り上げて見た。

「あ、矢崎周一くんのマネージャーさん？」

岡田は言って、彼も名刺を相手に渡した。

矢崎周一のマネージャーが言った。

「どうでしょう。もし、よろしければ、いっしょに飲みませんか？」

岡田は矢崎のほうを一瞥した。

「あ、矢崎くんが……？」

「そうなんですよ」

矢崎のマネージャーは同情を求めるような表情をして見せた。

矢崎周一に言われて、美和子と話をつけに来たというわけだ。

岡田は言った。

「せっかくですが、今夜、東テレの宇和島さんといっしょなんですよ。またの機会に

……」

「あ、どうも」

矢崎周一のマネージャーは宇和島に挨拶した。

「ずいぶん派手に遊んでるって噂じゃないの?」

宇和島が言った。

「私がですか? めっそうもない……」

「誰があんたの話、してんのよ。周一のやつだよ。やりたい放題なんだって……」

「あの……、ごいっしょしていただければ、今夜来てる女の子、ひとり都合しますが」

宇和島は、思わず身を乗り出しそうになり、ふと美和子に気づいた。

「遠慮しとくよ。周一と兄弟じゃシャレんなんねえや」

「だめですか……」

矢崎周一のマネージャーが恨めしそうな顔で言った。

「悪いね」

岡田はその一言でけりをつけた。

矢崎周一のマネージャーは、席へ引き返していった。

美和子が岡田に言った。

「やるときはやるじゃない」

「ふん。二十歳過ぎたばかりで女とやり放題なんてのは許せないんだよ」

「あら、本音が出たわね」

「いいだろう、たまには……」

「酔ってるの？」

「違うよ。同じ男と生まれたのに、あまりに矢崎周一なんかとは違う自分の情けなさを嘆いているわけよ」

しばらくすると、今度は、矢崎周一本人がやってきた。彼は、東テレの宇和島に言った。

「いっしょに飲みましょうよ。大勢のほうが楽しいでしょう」

宇和島が言った。

「うまいこと言って、お目当ては、美和子ちゃんだろう？」

「あれ、わかります、やっぱ……」

「本人が直々に口説きに来るなんて、けっこうご執心じゃないの」

「そ。俺、けっこう、マイッてんの」

美和子のほうを向いた。「ね、いっしょに遊ぼうぜ」

美和子は、無邪気に笑って言った。

「でも、あたし、もう眠いの……」

岡田はあわてて言った。

「おっと、そうか、もうこんな時間か。宇和島さん、そろそろ……」

「まだ、いいじゃない」

「いいえ、明日もありますんで、今夜のところは……」

「そう？　じゃ、俺たちだけでも周一と合流しようか？」

矢崎周一はそういったところをそつなくこなすほど利口ではない。明らかに不満そうな顔をしている。

岡田は、宇和島に挨拶をして、美和子を何とか店の外へ連れ出した。エレベーターを待っていると、矢崎周一が追ってきた。

「ね、今夜はあきらめるから、今度、遊ぼうぜ、これ、俺の電話番号」

彼は紙きれを美和子に手渡した。近づいたとき、いきなり彼は美和子の肩を抱いた。いやらしい感じではなかった。親しい者同士の別れ際の挨拶といった感じだった。

エレベーターが来ると、矢崎周一は手を振って店内に戻って行った。

美和子は、大きく溜め息をついた。周囲に誰もいなくなったのを確かめると、彼女は岡田に言った。

「『ゼータ』へ行きましょう」

「眠いんじゃなかったのか？」

「あたしが宵っ張りなの知ってるでしょう」

「わかったよ」

美和子は、アイドルの仮面を取ったのだ。もうひとつの彼女の横顔が姿を見せていた。

『ゼータ』は、六本木の裏通りにあるジャズ・バーだ。

若者たちでごったがえす六本木も、一歩裏道へ入れば意外なほど静かになってしまう。そういった場所には、昔ながらの六本木のにおいがかすかに残っている。

粋なおとなたちが、くつろいでいた時代の名残りだ。

ピアノ・バー『ゼータ』には、確かにそういった時代の名残りがある。

入口を入ると左手に重厚なカウンターがある。厚い一枚板なので、グラスを置いたくらいではほとんど音が響かない。

そのカウンターにはいつの間にか常連客の指定席ができている。

右手奥にはグランドピアノがあり、その周囲に、ピアノの曲線に合わせて作ったカウンター席がある。その席はピアノ・カウンターと呼ばれていた。

席はそれだけしかない。小さな店だ。『ゼータ』は古い店で、入口もあまり目立たない。大学生などの無遠慮な子供が入ってこない落ち着ける場所だった。マスターの禅田――通称ゼンさんと馴染みの客が、遊びかたを心得ない客やマナーの悪い客を寄せつけない雰囲気を作り出しているのだ。

美和子と岡田が『ゼータ』に入って行ったとき、いつものように白いタキシードを着た初老のピアニストが演奏しており、常連客が顔をそろえていた。

客はふたりいた。

作曲家兼アレンジャーの井上鏡四郎と、中年のアクション・スタントマンの長谷部修だった。

井上鏡四郎は売れっ子の部類に入る。特に井上のように、作曲だけではなくアレンジも手がける音楽家はたいへん多忙なはずだ。

創作の時間だけでなく、スタジオの現場仕事にも多くの時間を割かなければならないからだ。

スタジオで徹夜をすることもあるかもしれない。

だが、たいていの夜、彼はここにいる。皆が不思議がるが、実際、多くの仕事をこなしながら、六本木の裏通りの静かな夜を楽しんでいるのだ。

あるとき、彼はその点についてこうこたえた。

「僕は、仕事が早いんだよ」

だが、誰も納得しなかった。とにかく不思議な印象のある男なのだ。

彼はいつも穏やかな顔つきをしている。

長谷部と井上は九十度に折れたカウンターの角をはさんですわっていた。

九十度に折れ曲ったカウンターの先が長谷部の指定席だった。その席は、この店のなかで唯一、壁を背にできるのだ。

長谷部は、あらゆる意味で井上鏡四郎と対照的だった。

彼は無口な男だ。いつも必要最小限のことしかしゃべらない。

美和子と岡田が入って行ったときも、かすかにうなずきかけただけだった。

美和子は井上のとなりに腰かけた。そのとなりが岡田だ。

「とうに時間が過ぎてるが、魔法は解けていないのか、シンデレラ姫?」

井上が美和子に言った。

「ふふん。もう解けているの」

岡田はビールを注文した。美和子はウオッカ・トニックをたのんだ。

美和子が言ったとおり、シンデレラの時間は終わった。つまり、アイドルではない美和子の素顔の時間なのだ。

彼女の本当の姿は世間には秘密にされている。この『ゼータ』は、彼女が素顔に戻れる数少ない場所だ。

美和子は、ウォッカ・トニックを慎重に一口すると、じっと考え込んだ。

井上が尋ねた。

「浮かない顔だ。何かあったのか?」

「ちょっとね……」

岡田が代わりに言った。

「ここに来るまえに、カラオケ屋で矢崎周一にちょっかい出されたんですよ」

「ほう……。それで、心が揺れ動いてるとか……」

「井上さん、美和子はね、そんな娘じゃありませんよ」

「何だい、何むきになってるの……」

「あたしゃね、ああいうタイプの男、大っ嫌いなんだから……」

「芸能プロダクションのマネージャーやってて、こういう人も珍しいよな……」

「何とでも言ってくださいよ。僕も美和子もね、あんなやつ大っ嫌いですからね」

「嫌いで済んでりゃいいですけどね……」

美和子が言った。岡田は尋ねた。

「なんだ、そりゃ……。どういう意味だ?」

「ずっと気になってるの」

「何が?」

「カラオケ屋の出口で肩を抱かれたでしょう? あのとき、カメラのシャッター音がしたような気がするの」

「本当か? 気がつかなかったぞ……」

「一流の学者は五感が敏感なの」

「シャッター音ね……」

井上が言った。「そいつは気になるね……」

2

テレビのトーク番組の収録だった。

かつて、テレビ局の社員アナウンサー——いわゆる局アナをやっていて人気が出て、今では独立し、タレント的な活動もこなす司会者がゲストを招いて話を聞く。

美和子はそのアシスタントだ。だいたいはにこにこしてうなずいていればいい。時折、話を振られるが、相槌程度のことを言っていればいいのだ。むしろ、それ以上のことは言わないほうがいいのだ。

誰もアシスタントの女の子に立派な意見など期待していない。

美和子はワン・クール——つまり三カ月だけの契約でこの仕事を受けていた。

その日のゲストは、もと女性アナウンサーで、司会業を手広くやり、なおかつ、科学エッセイなども出版しているタレントだった。

才女というイメージで売っている彼女は、芸能界にあって自分は特別だという意識があるようだった。

打ち合わせ段階からそういった雰囲気をぷんぷん臭わせている。

「科学エッセイスト……」

岡田二郎はその才女タレントのプロフィールを読んでつぶやいた。「やばいな、これ」

彼は何となく嫌な予感がした。

本番が始まり、話はやはり、科学エッセイの方向にいき始めた。

司会者が尋ねる。

「どうしてまた、恋愛とか、女性論とかでなく科学だったわけですか？」

「小さいころから、好奇心が強いほうだったのでしょうね。成長してからも、人間社会の出来事よりも、自然界の神秘のほうに興味がありましたね」

「自然界の神秘ね……。最も大きな神秘というと何でしょうね」

「それはやっぱり、宇宙の姿でしょうね」

「はあ……」

「宇宙はいったい、どういう形をしているのか。どうやって始まり、どうやって今の形になったのか……。宇宙の果てはどうなっているのか……」

「ええ、ええ」

「考えるだけでこう、神秘に胸が満たされていくようで……」

岡田は、いよいよまずいな、と思い始めていた。宇宙論は、理論物理学を学ぶ美和子の専門分野だ。

司会者が、よせばいいのに、突っ込んだ。

「われわれは、宇宙の果てがどうなっているか、とか、どうやって始まったのかなどということはなかなかイメージできませんよね。でも、あなたなら、かなりはっきりとイメージを持っているんじゃないですか？」

「ええ。最新の理論では、宇宙の大きさは有限だけれど、境界はないということになっていますの。ちょうど、地球の大きさは有限だけれど、その表面をたどる限り境界はないように……」

「この宇宙の空間がですか？　どうも、やっぱりわからない。ねえ、美和子ちゃん」

「いえ、虚時間を導入すれば、ユークリッド的時空のモデルが……」

美和子は、そこまで言って、はっとし、にっこり笑って言った。「ホント。ぜーんぜんわかりませんねー」

美和子がぶつぶつとつぶやいたことに気づいた者はいなかった。気づいたとしても理解ができないので無視された。

科学エッセイストを名乗る才女タレントすらも、彼女の言葉を理解できなかった。結局その一瞬は無視された。

岡田は、収録が何事もなく終わったので心からほっとしていた。

二週間後、その番組はオンエアされた。その一瞬は、なぜかカットされずに映っていた。意味のないつぶやきとして、誰もが無視したのだろう。

岡田は安心したが、その翌日からは、別の騒ぎが美和子を待ち受けていた。

事務所からの電話で、朝九時に起こされた岡田は、思わず文句を言うところだった。昨夜は深夜まで仕事があり、今日は久し振りに、昼までスケジュールが空いていたのだ。

岡田の上司が言った。

「けさのスポーツ新聞を見ろ！」

「何ですか、いったい……」

「『矢崎周一、高梨美和子、六本木アツアツ・デート』『矢崎・高梨、交際！　事務所公認？』『スキャンダル処女・美和子、ついに交際発覚！』……。これが各紙の見出しだ。どうなってんだ？」

岡田はベッドの上で跳ね起きた。

「何です、そりゃあ！」

「美和子に付いてるのはおまえだろう。何です、だと？　こっちが訊きたい。すぐに事情説明に来い！」

「午後一番で、美和子に仕事が入ってるんですが……」

「自宅に置いておけるか、すぐにすっ飛んでって、事務所に連れてこい。もう週刊誌やワイドショーの連中が押しかけてるかもしれないから、心して行け」

電話が切れた。

岡田は、大急ぎで身じたくをととのえてから、自宅のそばに駐車していた事務所のシーマに乗り込んだ。

エンジンをかけるころには彼の頭も回転し始めていた。彼は、つぶやいた。

「くそっ！　矢崎周一にやられた！」

美和子の自宅のマンションの周囲は、やはりちょっとした騒ぎになっていた。芸能レポーターや週刊誌の記者が何組かやってきている。

それは、たいした数ではない。おそらく矢崎周一のほうと人数を振り分けなければならなかったせいだろう。

不気味だったのは、それを遠巻きに囲んでいる少女の群れだった。矢崎周一の熱狂的ファンに違いなかった。

こういう連中は、いったいどうやってタレントの自宅を知るんだろう――岡田はいつも不思議に思っていた。

そうした少女と同じような距離を取って、何だか暗い感じの少年たちの姿も見えた。

こちらは、美和子のファンだろう。

普通のファンは、ひいきのタレントがスキャンダルを起こしても、自宅にやってきたりはしない。

かなり特別な思い入れをしている連中がやってくるのだ。こういう、いわば狂信者は危険である場合がしばしばある。

週刊誌の記者や芸能レポーターは比較的おとなしかった。美和子が姿を見せるまで待つつもりなのだ。その程度のモラルは持ち合わせているらしい。

岡田は、自動車電話で美和子に電話した。

「起きてるか?」

「インターホンで起こされたわ。いったい、何の騒ぎ?」

「スポーツ紙の何紙かに、矢崎周一と美和子が交際しているという記事が載ったんだ。おそらく、あのとき、君が言っていたシャッター音と関係がある。矢崎周一は誰かに写真を撮らせて、それを新聞社に配ったんだ。いいかげんなコメントといっしょにな……」

「そんなことして、何の得があるの?」

「スキャンダルは芸能生活のスパイスだ。特に、男のタレントには勲章になることもある」

「いい迷惑だわ」

「これを機会に、美和子とデキちまいたいと考えてるのかもしれない」

「まあ、カワイイこと考えるじゃない。そんなの相手にしてられないわ。あたしは、きのうオンエアになった、虚時間の話がもとでこうなったのかと思ったわ」

「あんなもの、誰も気にしてやしないさ。いいか、これから、君をそこから救い出して事務所へ連れて行く」

「あら、今日は白馬の王子様役なの？」

「そうだ。ドアを開けたら、一言も言わずにシーマまで駆けてこい。マンションの玄関の正面にいるから」

「わかった」

五分後に美和子は現れた。

まず芸能記者やレポーターに囲まれる。美和子は、ほとんど口を開かずシーマへ走った。

岡田は美和子が後部座席にすわりドアを閉めたとたんドアをロックした。ふと気づくと今度は、矢崎ファンらしい少女たちがシーマを取り囲んでいる。

「くそっ！　こういう連中が一番やっかいだ」

誰かが釘のようなものでボディをひっかく音が聞こえた。

「あ、ちくしょう」

岡田はクラクションを鳴らし、セレクトレバーをニュートラルにしたままエンジンを吹かした。

人の輪がゆるんだ。エンジンの回転数が下がるまで待ってドライブに入れる。岡田はゆっくり車を出した。

無事その場を抜け出ることができた。

岡田はルームミラーで車の後方を見た。車の真うしろに、若い男が立っていた。やや長目の髪が額（ひたい）を覆（おお）い尽くしている。さらに、その髪は耳まで隠していた。度の強い眼鏡をかけている。紺のブレザーを着ているが、その下は普通の化繊（かせん）のワイシャツで、さらにジーパンときている。

典型的なオタクだと岡田は思った。

「見ろよ、美和子。ああいうのが危ないんだぜ」

「え……」

美和子は振り向いた。彼女も、その若い男を見た。

「あたしのファンかしらね……？」

「そうだ。オタクだ。気をつけろ」

その日、矢崎周一は芸能記者やレポーターに向かって、美和子に好意を持っているといったようなコメントを発表した。

美和子の事務所は、矢崎周一の事務所に対して抗議したが、個人的な問題なので口出しはしたくないし、責任もない、という返事が返ってきた。たてまえとしては矢崎側のほうが正しい。

美和子の事務所は、矢崎との交際の事実をはっきりと否定するため、簡略な記者会見を開いた。

だが、否定されればされるほど、それに反する証拠を見つけたがるのがスキャンダル担当の記者の性癖というものだ。

美和子は移動する先々で、カメラマンや記者に出っくわした。彼らは美和子番を作って追い回すことにしたようだった。

矢崎周一のほうは、あいかわらず軽口を叩き続けている。記者たちがいかにも邪推しそうな発言を繰り返しているのだ。

事実上、彼は美和子との交際を認めたようなものなのだ。

美和子の周囲にファンの姿も増えた。スタジオの出口などで一目姿を見ようと待ち受けるファンはこれまでにもいたが、このスキャンダルのせいで倍増していた。

彼らは、本当のことを、本人の口から聞きたいと考えているのだ。

いや、嘘でもいいからはっきりと釈明してほしいというのが本心だろうか。

さらに美和子ファンだけでなく、矢崎周一のファンもやってきて、いやがらせの機会をうかがっている。

有楽町にあるラジオ局での収録が終わり、玄関から出ようとすると、いつものとおりファンに取り囲まれた。

何人かが尋ねた。

「本当に矢崎周一と付き合ってるんですか?」

「六本木でいつもデートしてるって本当ですか?」

美和子は困ったような顔で、彼らに笑顔を向け、無言でシーマに乗り込んだ。

岡田二郎が少年たちに言った。

「付き合ってなんかいないよ。ファンだろう? 信じてくれよ」

岡田が運転席に乗ったとき、少女のひとりが叫ぶのが聞こえた。

「売女(ばいた)! その貧弱な体で周一のこと誘惑したんでしょう!」

こういう場面では女のほうが圧倒的な迫力がある。岡田は無視して車を出した。

「あら、あの人……」

美和子が言った。岡田が訊き返す。

「何だい？」

「うちのそばに立ってた人……」

岡田はバックミラーを見た。

「ああ、オタクくんか……。きっと追っかけをやってるんだな……」

度の強い眼鏡に紺のブレザー。白いワイシャツにジーパン、スニーカーというスタイルは、先日とまったく変わっていない。

「何だか、あの人、気になるわ……」

「どういう意味だい？」

「気になるのよ」

「どこが？」

「わからないの……。でも、なぜかひっかかるの……」

「彼のことはいい。問題は矢崎周一だ。何だってあいつはわざと誤解されるようなことばかり言うんだろう」

「それが目的だからでしょ」

「このスキャンダルを既成事実にしたいということかい？」

「だと思うわ」

「やっぱり、矢崎周一のやつ、美和子と本当に付き合いたいと思ってるんだな……」

「光栄だわね。若手ではセクシーさナンバーワンの役者なわけでしょ」

「付き合ってもいいというのか？」

「とんでもない。どうせ彼は、高梨美和子というおとなしそうなアイドルをつまみ食いしてみたいだけなのよ」

麹町（こうじまち）にあるテレビ局の地下廊下で、美和子と岡田は、矢崎周一とばったり出っくわした。

矢崎は親しげに話しかけてきた。

「やあ、何かの収録（トリ）？」

「あんたね」

岡田二郎が言った。「あんたのせいで、こっちはえらい迷惑してるんだよ」

「どうして？」

「どうしてって……。美和子がいつあんたと付き合うなんて言った?」

「これからそうなるさ」

矢崎周一は自信たっぷりに笑った。

彼は、若い女なら誰でも自分の恋人になりたがっていると錯覚しているようだ。それくらいの思い込みと自信がなければ芸能人としては成功しない。

アイドルらしくにこにこしていた美和子が一言、言った。

「軽薄でバッカみたい」

矢崎周一が顔色を変えた。

「何だって? それ、誰のことだ?」

「ここにはあなたしかいないでしょう?」

矢崎周一は、懸命に余裕を取り戻そうとした。ひきつるような笑いを浮かべた。

「そう照れるなって。君は俺に選ばれたんだ。今度、とりあえず食事でもしよう」

「ごめんなさい。おそらくそんな暇はないわ」

美和子は、さっさと歩き出した。岡田二郎がすぐあとに続いた。

岡田はふと振り向いた。矢崎周一は、何が起こったのかわからないような顔をしていた。芸能界では、男女の仲はたいへんにフランクだ。

美和子のような態度は珍しい。矢崎周一は面食らったのだ。そして、次の瞬間に、猛烈に怒り始めるはずだった。プライドを傷つけられた怒りだ。芸能人にとってプライドは命の次に大切だ。

岡田は言った。

「よく言った。胸がすっとしたぜ」

「子供みたいな人だわ」

美和子は言う。「子供がおもちゃを欲しがるように、女を欲しがるのよ。でも、子供だけに始末が悪いかもね。欲しいものをあきらめる術（すべ）を知らないでしょうからね」

十一時半ごろ、美和子と岡田は『ゼータ』へやってきた。

井上鏡四郎が言った。

「やっぱり、写真を利用されたんだな？」

「さっきね、美和子がはっきりと言ってやったんですよ、矢崎周一にね。あんたなんか相手にしていないって」

岡田が言うと、井上はちらりと美和子のほうを見た。

「だが、それだけで済むはずはないな……」

「そう」

美和子は言った。「あれだけの花火を打ち上げちゃったんですからね」

「岡田さん。美和子の身辺、気をつけたほうがいいよ」

「どういう意味です？」

「ああいう男はね、あの手この手でアプローチしてくるだろうからね」

「そういうのなら慣れてますよ」

「だといいがね……」

珍しく長谷部修が口を開いた。皆はいっせいに彼のほうを向いた。

「やだな、長谷部さん。僕だって、芸能事務所のマネージャーですよ。たいていのことには慣れてますよ」

岡田が言った。

長谷部は、カウンターにおおいかぶさるような姿勢で、じっとショットグラスを見つめたまま言った。

「チンピラほど無茶をやるもんだからな……。気をつけるこった」

「何か物騒な話に聞こえますね」

岡田が言う。井上が岡田に向かって言った。

「それくらいの気構えでいろってことさ」

出入口のドアが開いた。

誰もそちらを見なかった。入ってくる客を見るのはゼンさんの役割なのだ。常連たちは入口に立つ客を無遠慮に見ることは決してしなかった。

客がカウンターにすわって初めてそちらを見ることが許される。『ゼータ』の暗黙のルールだった。

「いらっしゃい……」

ゼンさんが言った。

客が奥へ進んでカウンターに腰を下ろした。岡田がその客を見た。彼は、思わず、あっ、と声を上げた。皆が岡田のほうを見た。

美和子も、今しがた入ってきた客を見た。

耳を覆い尽くすほどの長髪。紺のブレザーに白いワイシャツ、ノーネクタイ。そしてジーンズにスニーカー。

岡田は言った。

「君、こんなところまでつけてきちゃだめだよ」

度の強い眼鏡をかけたその若い男が言った。

「僕は、高梨美和子さんとちょっとだけ話がしたいだけなんです」

「まいったな……」

岡田は苦い顔でいった。「あのね、ファンには越えてはいけない一線てのがあるでしょう。美和子と話をしたいと思ってる男の子は全国に何万人もいるんだよ。君だけ特別というわけにはいかないんだ」

「はあ……。でも、大切なことだと思うんです。僕のほうにもあまり時間がないし……」

「わかった。話は僕が代わりに聞こう」

「いや、本人でないと……」

「それは許されないんだ」

若い男は美和子のほうを見た。

美和子はアイドルの笑顔で言った。

「ごめんなさい」

「さ、わかったら、帰るんだ」

岡田が言った。

ゼンさんが岡田に言う。

「待ちなよ、岡田ちゃん。彼は『ゼータ』の客だ。一杯は飲む権利がある」

彼は若者を見た。「何になさいますか?」

若者はビールを注文した。

ゼンさんはうなずき、グラスにビールを注いだ。そして言った。

「この一杯はお客さんの権利です。だが、マネージャーが言ったことも本当だ。わかりますね、お客さん。それを飲んだら、お引き取り下さい」

若者は、ちびちびとビールを飲み始めた。ふと若者はゼンさんに尋ねた。

「ここにいる人たちは、みんな友だちなのですか?」

ゼンさんはうなずいた。

「そう。仲のいい友人たちだ。いつも夜になるとたいていここにいる」

若者はビールを飲み干し、『ゼータ』を出て行った。

岡田が言った。

「たまげたな。こんなところまでつけてくるなんて……」

「でも、何の話だったのかしら……?」

ぽつりと美和子がつぶやいた。

3

シーマが美和子のマンションのまえに止まった。美和子は車を降り、岡田に「おやすみなさい」と言った。

レポーターや記者の姿はなかった。いるとしたら、スクープ狙いのカメラマンだけに違いない。

美和子の部屋の明かりが点る。

それを見上げて、にやりと笑った男がいた。矢崎周一だった。彼は、赤外線カメラを構えたカメラマンが潜んでいることを計算に入れた上で、堂々と、美和子の住むマンションの玄関に入って行った。

美和子が鍵を出して、ドアを開けたとたん、階段ホールの壁の陰から人影がふたつ飛び出してきた。

美和子はさっとひとりに口をふさがれ、ウエストにうしろから手を回された。もうひとりが美和子の両膝をかかえ上げた。彼女は、自分の部屋に運び込まれた。

ふたりとも若い男だった。片方は革のジャンパーを着ている。もうひとりはソフトスーツだった。どう見ても真面目な学生や勤労青年には見えない。

「大声を出されると面倒だ。猿ぐつわをかませとけ」

革ジャンが言った。ソフトスーツの男が手際よく美和子の口にハンカチを押し込み、さらに、もう一枚のハンカチでその上からしばった。

その間、革ジャンの男は、用意してきたガムテープで美和子の手足をぐるぐる巻きにしている。その状態で、美和子をベッドの上に放り出した。

ドアチャイムの音がした。革ジャンの男がドアを開ける。矢崎周一が立っていた。彼はにやにや笑って言った。

「ご苦労だったな……」

彼は、美和子のそばにやってきた。彼女を見下ろして言った。

「このまま俺の女になれよ。そうすれば優しくしてやるぜ。いやだと言うんなら、まず、このふたりに犯らせる。三人で輪姦してやる。どうだ?」

美和子は、冷静に考えていた。助かる方法はないか、と。

後片づけをしているところに電話が鳴り、ゼンさんはひとりごとを言った。

「妙だなこんな時間に」

すでに午前二時を過ぎている。

電話の相手が言った。

「高梨美和子さんの部屋の様子がおかしいんです」

「何です？　どちらさん？」

「さっきそこでビールを飲んだ者です。高梨さんの部屋で何人かの男の人影がカーテンに映ったんです。何かあったのかも……」

ゼンさんはぴんときた。

「わかった。よく知らせてくれた」

彼は電話を切ると、すぐさま、岡田二郎が乗っているシーマの自動車電話にかけた。

岡田はすぐに出た。

ゼンさんは手短かに事情を説明した。岡田はすぐに引き返す、と言った。

次にゼンさんは、井上の自宅に電話した。

「何だい？　飲み代の請求なら明日にしてよ」

「美和子ちゃんが襲われたかもしれない。自宅だ。たぶん、矢崎周一のしわざだと思うが」

「くそっ！　長谷部の言うとおりになった。これから、長谷部を拾ってから美和子ちゃんのマンションに向かう」

電話が切れた。ゼンさんもエプロンを外し、すぐに出かける支度を始めた。

十分後には、岡田、長谷部、井上、ゼンさんの四人が顔をそろえていた。

スクープを狙っていたカメラマンたちは、何事かと姿を現した。井上がそのカメラマンたちに言った。

「面白いものを撮らせてやるよ。ついといで」

一行は、美和子の部屋へ急いだ。

岡田がインターホンのボタンを押した。中で受話器を取る音がする。回線がつながった。

岡田が言った。

「美和子。悪いな遅くに。岡田だ。今日中に渡しておかなきゃならないものがあったんだ。例の台本だ」

インターホンの受話器を取った革ジャンの男は送話口を押えて言った。

「岡田って誰だ？　台本を渡さなきゃならんとか言ってるぞ」

矢崎が言った。

「くそっ！　マネージャーだ」

彼は美和子に命じた。「シャワーを浴びているとか何とか言って時間をかせげ」

美和子はうなずいた。

矢崎が猿ぐつわを外す。美和子はインターホンの送話口に向かって言った。

「今、シャワーを浴びてるの、待ってくれない？」

「鍵だけあけてくれよ。シャワールームのぞいたりしないからさ」

矢崎はインターホンを切って、しばし考えた。

「よし、鍵をあけてやれ。入ってきたところを殴り倒すんだ」

革ジャンの男がうなずき、ドアを解錠した。とたんにドアが勢いよく開き、革ジャンの男は、廊下側へ引っぱられた。

上半身が泳ぐ。

そこに長谷部の、左右のフックと、左アッパーが、一瞬にして叩き込まれた。

さらに、長谷部はその男の髪をつかんで頭を引き落とし、同時に顔面に膝を叩き込んだ。

革ジャンの男が前のめりに倒れる。

長谷部はその背を踏んで部屋のなかに突進した。

ソフトスーツの男がナイフを出した。

「野郎！」

彼は長谷部に向かってナイフを突き出してきた。長谷部は刃物を持った相手には手加減しないことにしている。

左手でナイフを持つ手をかわしざま、体を入れ替え、その勢いを利用して右の肘を耳の下に叩き込んだ。

その一撃で決まりだった。だが、長谷部の動きはまだ止まらなかった。

ナイフを持っているほうの相手の腕をさっと脇にかかえ込み、肘の下に前腕部をぴたりと当てる。そのまま相手の肘を折ってしまった。

ソフトスーツの男は悲鳴を上げる間もなく崩れ落ちた。

矢崎周一が茫然と立ち尽くしていた。その横にはベッドがあり、手足をガムテープで縛られた美和子が横たわっていた。

カメラマンたちがいっせいにシャッターを切り始めた。

岡田は、ふと、例の厚い眼鏡をかけた若者が出入口にたたずんでいるのを見つけた。

「君は……」

ゼンさんが振り向き、言った。

「ああ。美和子ちゃんの危機を知らせてくれたのは彼なんだ」

「そうだったのか……」

岡田は言った。「礼を言わなきゃな……」

「いえ……」

ゼンさんが言う。

「君は美和子ちゃんと話す権利がある。明日の夜、私が『ゼータ』に招待する。いいだろう」

「当然の権利だ」

井上が言った。

言いづらそうにしていた若者は、ついに決心したように言った。

4

「アインシュタインは、ニュートン理論と特殊相対論を調和させるために、宇宙定数を加えるという最大の過ちをおかしました」

『ゼータ』にいた一同は驚いた。

美和子は、初め目を丸くし、すぐにきわめて真面目な表情で話を聞き始めた。

若者は言った。

「……一昨年、あなたが発表された論文の数式のなかに、それと似たような都合のいい操作を発見しまして……。このままでは大きな誤りにつながりかねないと思い、ずっとお話しする機会を探していたのです」

「あの……、あなたは……」

美和子は尋ねた。

「失礼……私はオクスフォードで助手をしている沖田一郎(おきたいちろう)という者です」

「あ、そのエンブレム……」

美和子は彼のブレザーのエンブレムを指差した。「オクスフォードのエンブレムだわ。あたし、これがずっと気にかかっていたのよ」

岡田は沖田に尋ねた。

「この美和子が、大学の研究生だと、ずっと知っていたのですか？」

「お名前は、論文を読んでますから、もちろん知ってました。休暇を日本で過ごすことになり、先日テレビをぼんやり見ていたのです。初めは、同姓同名だと思っていました。まさか、こんな仕事をなさっているとは……。でも、テレビで言った一言……。あのファインマンの経歴総和に関する一言で、気づいたのです」

「虚時間とユークリッド的時空のことね……」

美和子がうなずいて言った。岡田は額をピシャリと叩いた。

「危ないなあ……。やっぱり気づく人は気づくんだ……」

それから美和子と沖田は、紙ナプキンやコースターに数式を書いたりして、夢中で専門的な話を始めた。

井上が岡田に言った。

「矢崎はどうなったんだ？」

「事務所が必死で写真を押さえたらしい。だがたっぷり灸をすえられたことは確かだ。少しは懲りたろう」

「狙った相手が悪すぎたよな」

長谷部がボソリと言った。

「何ですって」

美和子がさっと顔を上げた。「そういう一言が、命取りになるわよ」

「君が人のことを言えるかよ」

岡田二郎が言って、沖田のほうを見た。

25時のシンデレラ

1

「どうしても契約の更新はできないのかね？」

事務所の社長が言った。

高梨美和子はきっぱりと首を横に振ってから言った。

「はい。最初からそういう約束だったはずです」

社長は溜め息をついた。諦めるための溜め息だったのかもしれない。

彼は言った。

「それはわかっているが、いざ契約が切れるとなると惜しくなってね……。芸能界というのは不思議な力を持っている。この世界がきれいなもんじゃないことは今どき小学生でも知っている。それでも若い女の子は芸能人になることに憧れる。運よくデビューできても、人気者になれるのは百人にひとりいるかいないかだ。その世界で君は成功した」

「わかっています」

高梨美和子は言った。「でも私にとっては博士論文を書き上げ、本格的な研究活動に入ることのほうが大切なのです」

社長はうなずいた。

「それは理解しているつもりだった。ちょっとグチを言ってみたくなっただけだ」

彼は美和子のマネージャーの岡田二郎のほうを向いた。

岡田二郎はいくぶんか緊張し、そして神妙な顔つきで立っていた。

社長が岡田に言った。

「なあ、岡田。こうなったら、高梨美和子引退の派手なイベントを計画しなくちゃあな」

「はあ……、でも、世間には美和子の引退の理由をどう説明したらいいか……」

社長はふと考え込んだ。社長といっても、まだ四十五歳という若さだ。

ソフトスーツをうまく着こなしている。チャコール・グレーにピンストライプの入ったスーツだ。それにモスグリーンのネクタイを合わせている。

たいへん上品に着こなしていた。腕の時計も、ローレックスやカルティエではない。

グリシン・エアーマンだった。

グリシン・エアーマンは、ジェット機のパイロット用に設計された時計で、一般のクロノメーターよりずっとシンプルで小型にできている。

　この時計の特徴は文字盤に二十四時間の目盛りが刻まれていることと、外輪(ベゼル)がついていることだ。

　外輪にも二十四時間の目盛りがついている。文字盤でグリニッジ標準時に合わせ、外輪(ベゼル)を現地時間に合わせるのだ。

　社長は旅行が多いのでこれは実用的だ。それでいて、道具へのこだわりも表現している。

　おしゃれというのは本来、知性の遊びであることを、彼はさりげなく主張しているようだった。

　モデル出身なので顔立ちはたいへん端正だ。考え込んだ恰好が様になる。

　しばし考えてから社長は言った。

「へたに取り繕(つくろ)うより本当のことを言ったほうがいいだろう。美和子の将来のことを考えるとな……」

「そうですね……」

　岡田はどこか淋(さび)しそうだった。「どんなイベントにしましょうか？」

「そうだな……。コンサートをやるには準備期間がなさすぎる。ライブじゃ物足りない

「……」

「もっと早くから考えておくべきでしたね」

「他人事みたいに言うな。おまえの責任だろうが……」

「すいません……」

「まあいい。毎日のスケジュールをやりくりするだけで精一杯だったろうからな……。何か考えておこう」

社長は時計を見た。「東テレへ出かける時間だろう」

「はい」

岡田二郎は美和子にうなずきかけた。

美和子は社長に一礼してから社長室を退出した。

岡田はそのあとを追おうとした。

「あ、岡田」

社長が呼び止めた。すでに美和子は部屋の外に出ていた。

「はい……?」

「東テレのあとは?」

「ありません」

「終わったら、ここへ来てくれないか？」

「美和子も連れてですか？」

「いや、おまえさんだけで、だ。美和子の引退記念イベントの打ち合わせをしたい」

「東テレの録画（トリ）、何時になるかわかりませんよ。エンドレスだから……。そのためにあとの予定を入れてないんですから……」

「局から電話をくれ。まさか夜が明けちまうことはないだろう。待ってるよ」

「はあ……。じゃ……」

　岡田は美和子のところへ急いだ。

　高梨美和子は、人気アイドル・タレントだ。このところ、アイドルは歌手という肩書きをつけにくくなった。

　テレビで歌番組がめっきり少なくなり、一般の人に歌っている姿をなかなか見てもらえなくなったせいだ。

　その代わりに、ドラマに出演したり、クイズ番組の解答者になったり、バラエティー番組でコントをやったり、スペシャル枠で司会のアシスタントをやったり、といった仕事がやたらに多くなった。

今日びのアイドル・タレントは、多かれ少なかれ、バラドル——つまりバラエティー・アイドルの要素を求められるのだ。

美和子は嫌味のないキャラクターで人気を得ていた。

だが、アイドルというのは、彼女の仮面に過ぎなかった。

彼女は、十七歳でカリフォルニア大学バークレー校を卒業した天才少女なのだ。十九歳になったとき、彼女は理論物理学と哲学の修士号を取った。

そして、彼女はいよいよ博士論文を書くために本腰を入れることになったのだった。

今の事務所の契約は二十歳の誕生日で切れるのだ。

岡田二郎は、何も言わず事務所のシーマを運転していた。

「ずいぶんおとなしいわね」

後部座席から美和子が声をかけた。岡田がルームミラーで後方を見た。美和子と眼が合った。

岡田はいつになくあわてて眼をそらして前を見た。

「ここんところ忙しいからな。移動の間、眠りたいんじゃないかと思って……」

「だいじょうぶよ。あたし、睡眠不足には強い質(たち)なの」

「ちょっと考えごとしてたしな……」

「もしかして、あたしの引退記念イベントのこと？」

「まあな……」

「ふーん。『シュレディンガーの猫』みたいな返事……」

「何だ、それ？」

「量子力学史上最も有名な思考実験のひとつよ。毒ガス入りのビンと猫を、外から見えないように箱のなかに閉じ込める。さて、猫は生きているでしょうか死んでいるでしょうか？」

「そんなの外からじゃわかんないだろう」

「正解。だから猫の生死は、死んでいるのと生きているのが混ざった状態の波動方程式で表されるの。これが、例えば原子ひとつひとつの振舞(ふるまい)を記述する方程式なわけ」

「どうして？」

「原子とか、電子とかいった小さな粒になると観察することが不可能なの。観察するというのは光を当ててその反射をキャッチするということでしょう？　でも光を当てると、それだけで電子は動きを変えてしまうわけ。光のエネルギーでね。だから、そういう小さな粒の位置は、運動可能な範囲の状態で記述するしかないわけ。これを量子力学では、ハイゼンベルクの不確定性原理と言うんだけど……」

「それで？」

「岡田さんの〝まあな〟という返事は、どうとでも取れるような不確定なものだったわけ」

「どうも、ご丁寧なマエセツ、ありがとうございました」

「でも、どちらかといえば否定的。イベントのことを考えてたんじゃないとしたら……。まさか、あたしがやめちゃうんで感傷的になってたわけじゃないでしょうね？」

「……だったらどうする？」

「あら、いつも、あたしのマネージャーなんかやっていたら寿命が縮む、とか言いたいこと言ってるじゃない」

「だからこそ、いざお別れとなるとつらいってことだってあるだろう」

美和子は、その言葉のなかに冗談とは思えない響きを感じ取った。

彼女はそういった気持ちを茶化すほど子供ではない。口をつぐむことにした。ほどなく東テレに着いた。

打ち合わせ、ドライ・リハーサル、カメラ・リハーサル、ランスルー、そして本番——テレビ番組の収録はけっこう時間がかかる。

本番も、一発でOKということなど珍しい。美和子が出演するのは、トークがらみのバラエティー番組だ。

司会進行は、今人気絶頂の関西若手漫才コンビだ。

こうした連中は、ちょっとした毒が売りものなので、口が悪い。そして、人気がいかにはかないものかを本能的に知っているので、やりたい放題といった感がある。落ち目になるまえに、やりたいだけのことはやっておこうと考えるのだ。いや、考えるというより、肌でそう感じるのだろう。

この一種の危機意識は、一気に人気者になった人間でないとわからない。

美和子はふたりの毒舌攻撃をそつなくかわした。初々しい上品さを決してなくさないところが美和子の人気の秘密だ。

こうした番組のアシスタントは、モデルクラブや芸能学校から一組何人かで派遣されてくる。

いわゆる仕出しの一種だ。

バラエティーのアシスタントをやっていてプロデューサーの目に留まり、一躍アイドルに——彼女たちは、そんな夢物語を胸に抱いているかもしれないが、実際にはそういうことはほとんどない。

仕出しは仕出しで、タレントはタレントなのだ。

だが、そういったなかにも光る者はいる。『光る』というのはただ顔だちやスタイルが美しいというだけではない。

頭の回転や気配りに長けている場合もある。また、小悪魔的な毒を含んでいる場合もある。生まれつき華のある者もいる。

その日、美和子はアシスタントのひとりが気に入った。

番組のアシスタントに過ぎないのに、まるで付き人か、局のスタッフのように美和子に気を使ってくれるのだ。

待ち時間にはお茶まで運んでくれた。

性格や行儀がいいから売れるとは限らないのが芸能界だ。むしろ、わがままな人間が売れている場合が多い。

だが、そのアシスタントは確かに生まれ持った華があった。

やはりスタッフのなかでも人気が高いようだった。

美和子は気さくに話しかけ、彼女の名前を聞き出した。

白水貴里子という名だった。十八歳だという。

番組の収録が終わったのは午後十一時半だった。美和子は岡田に言った。

「ね、あのアシスタントのコ、どう思う?」

「どのコだ?」

「あのストレートのロングヘアのコよ。脚のきれいな……。白水貴里子ちゃんていうの」

「カワイイね……。さ、帰ろう」

「あのコ、きっと売れるわよ。事務所、移る気がないか、訊いてみたら?」

「引き抜きなんかやったら、仕出しのプロダクションと揉めるよ」

「欲がないのね。あのコ、仕出しで終わるようなコじゃないわ。もったいないわよ。事務所を移るってのは本人の自由意思で決められるわけでしょう? それに、今、売れ始めているわけじゃないし、あのコのプロダクションだって、特に力を入れているようには見えないし……。そんなに問題にならないと思うわ」

「いったい、どうしたっていうんだ?」

そう訊かれて美和子は、いつになく力みかえっている自分に気づいた。そして、彼女は反省した。

知らず知らずのうちに、美和子は、白水貴里子なら、自分がいなくなった穴を埋めてくれるかもしれないと考えていたのだ。

それは、思い上がりでしかないと気づいた。事務所のことは社長や岡田に任せておけばいいのだ。美和子の出る幕ではない。

美和子は急に気恥しくなった。

「いいの。帰りましょ」

2

シーマに乗り込むと、岡田が美和子に尋ねた。

「どうする?」

「『ゼータ』に寄って行きましょう」

「俺はこれから社長に会わなければならない。『ゼータ』まで送ってくよ。あそこに行けば井上さんか長谷部さんがいるだろう。帰りはどっちかに送ってもらってくれ」

「わかった」

『ゼータ』は六本木の裏通りにあるジャズ・バーだ。

夜の六本木は若者たちの天下だ。だが、一歩裏道に入れば意外なほど静かになってしまう。

『ゼータ』は、若者たちがあまり寄ってこない静かな裏通りに面していた。

入口を入るとすぐ左手にカウンターがある。重厚な一枚板で、拳で叩いてもほとんど音がしない。

もちろん、グラスを置いたくらいで音が響くようなことはない。

この店は遅い時間になると、いつも決まった常連だけの貸し切り状態になってしまう。

カウンターも贅沢(ぜいたく)だが、そのことが何よりもの贅沢と言えた。

美和子もその常連のひとりだ。他のメンバーはすでにそろっていた。

作曲家でアレンジャーの井上鏡四郎、アクション・スタントマンの長谷部修がそのいつもの面子(めんつ)だった。

バーテンダーの禅田――通称ゼンさんと、白いタキシードが似合う初老のピアニストも、このメンバーがそろったときから、従業員ではなく仲間になってしまう。

美和子が入って行くと、井上鏡四郎はおだやかに笑いかけた。

長谷部は井上とは対照的だ。彼はきわめて無口で、いつも必要最小限のことしかしゃべらない。

美和子が入って行っても、ただかすかにうなずきかけるだけだった。

カウンターは、入口の脇で九十度に折れ曲がっている。その折れ曲がった先が長谷部の指定席だ。

この席は、『ゼータ』のなかで、唯一、壁を背にできる席なのだ。

井上はいわゆる売れっ子だ。創作に追われ、スタジオ仕事がぎっしり詰まっていて当然だ。

なのに、彼は毎晩のように『ゼータ』に現れる。皆は不思議がるが、本人は涼しい顔だ。彼に言わせると、仕事を選べないうちは本当の売れっ子ではないのだそうだ。

長谷部は、盛りを過ぎたアクション・スタントだ。もう四十五歳になる。

だが、それは日本での話だ。彼は、日本よりハリウッドで名前が売れていた。アメリカでの彼の名はサム・ハセベ――『殴られ屋のサム』といえば、映画関係者で知らない者はいないほどだ。

彼はたいへん実戦的な空手を身につけており、アメリカで、腕一本でのし上がったのだ。

もともと、アメリカと日本では映画産業の規模が違う。それだけ競争も厳しいが、チャンスも多い。長谷部はそのチャンスをものにしたのだ。

「ひとり？　岡田さんは？」

井上鏡四郎が尋ねた。美和子は井上のとなりにすわるとこたえた。

「事務所に戻ったわ。社長と会わなくちゃならないんだって……」

「タレントを置きっぱなしにして？　たまげたな」

「『ゼータ』は特別よ。リビングルームかダイニングみたいなもんだもの」

「じゃ、僕たちは家族か？」

「そんな感じね」

「そうか。家族じゃ口説くわけにいかないな……」

「そんなつもり、ないくせに……」

彼らはいつものように楽しく語り合い、飲んだ。

だが、美和子がもうじきここからいなくなるのを皆、意識しているはずだった。

午前一時。美和子は引き揚げることにした。井上が彼女を送って行くことになった。

ふたりが出て行って間もなく、『ゼータ』に岡田二郎が現れた。

「おや……。社長と会ってらしたんじゃないんですか？」

ゼンさんが岡田に尋ねた。

「ああ、用はもう済んだんですよ。美和子は？」

「つい今しがたお帰りになりましたよ。井上さんが送って行かれました」

「そうか……。どれ、ビールをもらおうかな……。たまには、彼女から解放されて飲みたいからな……」

カウンターに、片方の肘をつき、ウイスキーのショットグラスを見つめていた長谷部がぼそりと言った。

「もうじき会いたくても会えなくなるんだろうが……」

岡田はゼンさんが注いだビールを勢いよく飲み込むと、長谷部のほうを見ずに言った。

「わかってますよ、そんなこと……」

翌日は、昼からラジオのレギュラー番組の録音があった。

そのあとは、別のラジオ局でゲスト出演。夕方から、最後のシングル盤の打ち合わせが所属のレコード会社であった。

レコード会社の宣伝部長と夕食を取り、解放されたのは夜の十時だった。

美和子と岡田はいつものようにそのまま『ゼータ』へ行った。

店に入ったとたん、美和子は妙な雰囲気だな、と思った。

「みんな、どうかしたの?」

ゼンさんは長谷部の顔を見た。長谷部は井上の顔を見る。井上が言った。

「別に……」

美和子は井上のとなりのスツールに腰を乗せた。そのとなりに岡田がすわる。

「嘘。隠し事してるでしょ」

「別に隠し事じゃないよ」

井上は言いながら、長谷部を見た。長谷部は苦い顔をして眼をそらした。

「なら、あたしが入ってくるまで何の話をしていたか、教えてよ」

井上は美和子にではなく、長谷部に向かって言った。

「別に隠す必要はないんじゃないか」

長谷部はこたえた。

「話す必要もない」

美和子は長谷部に言った。

「何なのよ」

「話すと、また、あんたは黙っていられなくなるんだ」

「そう。そういう類(たぐい)の話……」

「待った」

岡田があわてて言った。「美和子が危険な目にあうのはもうたくさんだ。長谷部さん。もし、ヤバい話だったら、しゃべらないでくださいよ」

美和子は岡田に取り合わず、言った。

「何かが起こってると知ってしまった以上、もう話を半分聞いたも同然だわ」

長谷部は美和子を黙って見ていた。美和子は長谷部を見返した。

「しょうがないな……」

長谷部が言うと、岡田が悲鳴のような声を上げた。

「長谷部さん！」

美和子が岡田を制した。

「お願い。黙って」

岡田は、てのひらで自分の目のあたりをぴしゃりと叩いた。

長谷部は話し出した。

「俺は映画の世界で生きている。活動屋崩れにはけっこう質の悪いのがいてね……。こういう噂はけっこう流れてくる」

活動屋というのは、映画業界の人を指す古風な言いかただ。

「どんな噂？」

「誰それが、誰それと組んでヤバいビデオのマスターを撮るらしいとか……。まあ、そういった噂だ」

「具体的にはどういう人たちなの？」

長谷部は、岡田を見た。岡田はすでに抗議をあきらめたように見える。

長谷部は続けた。

「あるプロダクションがタレント予備軍を集めて芸能学校をやっている。その生徒を、テレビに仕出ししたりするわけだ。生徒からはもちろん学費を取る。その芸能学校に眼をつけた活動屋崩れのビデオ・プロダクションがある。通販専門のビデオを撮ってるような連中だ。やつらが、芸能学校の幹部と話をつけた。ビデオ・デビューとか何とかうまいことを言って、めぼしい女をそのビデオ・プロダクションに連れて行く。あとは……」

長谷部は、そこで言葉を区切り、言いにくそうに付け加えた。「あとは、何でもやり放題だ」

「やり放題？」

美和子が尋ねる。彼女はもちろんアダルトビデオなど見ないので、長谷部の言う『ヤバいビデオ』なるものが、どういうものなのかぴんとこない。

長谷部は美和子の目を見たまま言った。

「強姦。輪姦。凌辱……」

「ヤラセじゃなくって……？」

「本気で」

「そんなビデオ撮られたら、女の子は黙っちゃいないでしょう？」

長谷部はかぶりを振った。

「いざとなりゃ女は弱いもんだ。映像おさえられてるしな……。それに、所属してるプロダクションまでグルとなると、手の打ちようがない」

「その芸能学校っていうのは？」

「おい、そこまで知る必要はないだろう」

「教えて」

「『タレント・プール』というプロダクションがやってる『プールズ・アカデミー』という養成所だ」

「『タレント・プール』って聞いたことあるわね……」

美和子が言うと、岡田が眉間にしわを寄せて考え込んだ。

彼は、カウンターをてのひらで叩いた。

「思い出した。例の、漫才師のバラエティー番組でアシスタントを仕出ししていたプロダクションだよ」

美和子はふと悪い予感がして長谷部に尋ねた。

「ターゲットになってる女の子の名前、わかってるの?」

「あくまでも噂だ」

「名前を教えて」

「ええと……。キリコとかいったな……。そう……、白水貴里子。まだ十七歳だということだ」

美和子の声のテンションが上がった。

「あのコがそんな目にあうなんて冗談じゃないわ!」

長谷部と井上は驚いた顔をした。井上が尋ねた。

「知ってるの? そのコ……」

岡田二郎が説明した。

「バラエティー番組でいっしょになったことがあるんです。美和子がゲストでその白水貴里子という女の子がアシスタントでした」

「おそらく、その番組を見て、ビデオ屋が眼をつけたんだろうな」

井上が言った。

美和子は長谷部に訊いた。

「そのビデオ・プロダクションは何ていうの？」

「『ヤマセ映像企画』だ。山瀬卓造というもと映画のカメラマンが始めた会社だ。会社といえば聞こえがいいが、体のいい暴力団の資金源だ」

「その山瀬という男、長谷部さんの知り合い？」

「まあな……」

「貴里子ちゃんを撮影する日取りと場所、訊き出せるかしら」

「それを知ってどうするんだ？」

「もちろん、貴里子ちゃんを助けるのよ」

「それは無茶だな……」

井上が言った。

「なぜ？」

美和子が尋ねる。井上はこたえた。

「『プールズ・アカデミー』と『ヤマセ映像企画』は正式な契約書を交しているはずだ。

『プールズ・アカデミー』では、白水貴里子の了承を取りつけているだろう。それを実力で阻止したら、君が威力業務妨害ということになる」

「でも、『プールズ・アカデミー』と『ヤマセ映像企画』がやろうとしていることは、明らかに犯罪行為よ」

「いいかい。冷静に考えるんだ。君らしくもない……。『ヤマセ映像企画』だって、最初から危ないビデオを撮るわけじゃないだろう。ちゃんとイメージ・ビデオみたいな映像だっておさえるはずだ。いつ、貴里子ちゃんが襲われるのかは、現場にいる人間にしかわからない。やつらだって、逃げ道は用意してあるだろうからね」

「つまり、貴里子ちゃんが襲われた後でないとどうしようもないということ？」

「そう。ジレンマだな。白水貴里子を救おうと思ったら、ビデオの撮影すべてをキャンセルさせなければならない。でも、僕らにその権利はない。もちろん、君にもない」

「あたし、彼女にその話をするわ」

「話しても、契約書があれば逃げられないぜ」

　岡田がいつになく真剣な表情で言った。「契約不履行で本人が訴えられる。そして、損害賠償を請求される。そうだな……。ビデオ一本をふいにしちまうんだから、五百万から一千万円くらいの損害賠償を請求してくるだろうな」

美和子は考え込んだ。

やがて顔を上げると、彼女は岡田に言った。

「ねえ、引退記念ビデオ、撮らない？」

「何が言いたいんだ」

「あたしのビデオを『ヤマセ映像企画』で撮ってもらうのよ」

「そんなことをして、何になる？」

「岡田さんは、うまく山瀬という男に話を持ちかけて、あたしの裏ビデオを撮るようにしむけるの」

「気でも違ったのか？」

「あたしだって、襲われるつもりなんかないわよ。何とか『ヤマセ映像企画』の犯罪をあばきたいだけ。芸能界に憧れる少女の夢を食い物にするなんて許せないわ」

井上が尋ねる。

「つまり、君が餌になるというのか？　だめだね、そいつは危険すぎる」

「貴里子ちゃんが襲われてビデオに撮られるのを黙って見過ごせというの？」

岡田が言った。

「芸能界で生きていくんだから、それくらいのリスクは当然さ」

美和子は、岡田をじっと見つめた。

「私をこれ以上怒らせないで」

岡田と美和子のやりとりを無視したように長谷部はつぶやいた。

「案外、いけるかもしれねえな……」

全員が長谷部に注目した。

長谷部はそれに気づき、居心地悪そうに身じろぎした。彼は言った。

「いや……。段取りさえうまくつけば、美和子が言ったことは、うまくいくかもしれない」

岡田が声を上げた。

「長谷部さん！　何てことを……」

長谷部は取り合わず、続けた。

「だが、美和子の計画を実行するにはいくつかの条件が必要だ。その条件がそろわなかったら、計画はあきらめたほうがいい」

美和子が真剣な眼差しでわずかに身を乗り出した。

「どんな条件？」

「まず、俺が、撮影スタッフとしてもぐり込めること」

「長谷部さんが……？」

岡田が尋ねる。長谷部は岡田に言った。

「心配するなよ。俺は無責任なことは言わない」

「恰好つけるなって」

井上が言った。「あとの条件は？」

「おそらく撮影は密室で行なわれるだろう。その室内と外の連絡方法が確保できること。そして、美和子が、白水貴里子に嫌われる覚悟ができること」

「あたしが、貴里子ちゃんに……？」

「そうだ。あんた、自分のビデオを撮らせる代わりに、貴里子の契約を破棄しろと言うんだ。若いタレントの芽を摘むわがままな売れっ子タレントというわけだ。それで、白水貴里子を救うことができる」

「それくらいの芝居、どうってことないわ」

「最後の条件は警察の協力を得られるかどうか、だ。やつらをぶちのめしたところで、犯罪をあばかにゃどうしようもないんだからな……」

「警察の件は僕が引き受けよう」

井上が言った。「サツ回りをやっていた新聞記者の友だちがいる。その男に刑事を紹介してもらうことにする」

美和子の目が美しく輝き始める。彼女の頭脳が忙しく回転し始めたことを示している。

美和子は岡田に言った。

「うまく話を持っていってくれるわね?」

岡田は返事をしない。

長谷部が言った。

「俺が山瀬を紹介してやるよ。どうせ、スタッフとして雇ってもらう交渉をしなくちゃならないんだ」

「しかたがない……」

岡田は言った。「どうせ、一度言い出したら後へは引かないんだからな……」

美和子たちは細々(こまごま)とした打ち合わせを始めた。

3

「俺が言った条件は満たされたようだ」

二日後の夜、長谷部は言った。『ゼータ』には、いつもの顔がそろっている。

「じゃ、ゴーサインね？」

美和子が言う。

岡田はまだ浮かない顔をしている。彼は言った。

「山瀬という男に会ってきた。ありゃヤクザだよ。何とかスケジュールの折合いをつけて、一日、撮影日を作った」

「いつ？」

「あさってだ」

「急なのね」

「忘れないでくれよ。君は売れっ子なんだ」

そのとき、出入口のドアが開いた。

「いらっしゃい」

ゼンさんが言った。

ゼンさんはそのまま怪訝(けげん)そうな顔で出入口のほうを見ている。普段は客の出入りを見ないようにしている美和子たち常連客だが、ふと気になってそちらを見た。

美和子が声を上げた。

「貴里子ちゃん！」

白水貴里子がドアのまえに立っていた。

彼女は美和子を、きっと睨みすえている。貴里子は、絞り出すように言った。

「あなたって、ひどいことするのね……」

貴里子が何を言おうとしているか、美和子にはよくわかった。

美和子は何も言えなかった。また、おそらく、何を言っても今の貴里子には無駄だと思った。

貴里子は、美和子に人生最大のチャンスをつぶされたように感じているはずだ——美和子はそう思った。

貴里子がさらに言う。

「あたし、あなたのファンだったのに……。どうしてあたしのデビューの邪魔なんかしたの？」

美和子は眼をそらした。

「説明する必要はないわ」

彼女は芝居を始めた。嫌われるのなら、とことん嫌われたほうがいい。自分を憎むことで少しは貴里子も救われるかもしれない——そう考えたのだ。

そして、信じてくれない相手に、許しを乞うのは、美和子の性に合わなかった。

貴里子が言う。

「あたしは、デビューを夢にまで見てたのよ」

「甘いわね。あたしは、ライバルになりそうな人がいたら、できるだけ早いうちに蹴落とすことにしているの。一日でも長く人気アイドルでいたいのよ」

「ひどいわ。あたしは、あなたのことを一生憎み続けるわ。今後、デビューできてもできなくても、ずっとあなたのことを憎んでやる」

そう言い捨てると、貴里子は立ち去って行った。

男たちは言葉を失っていた。

美和子が言った。

「ゼンさん。何か強いお酒をちょうだい」

ゼンさんは首を横に振った。

「いけません。私は、ウサ晴らしの酒やヤケ酒は飲ませないことにしてるんです。そういうとき、酒は助けてくれません。酒に裏切られるのがオチです」

美和子はゼンさんの顔を見、それから悲しげにほほえんだ。

「そうね……」


撮影の日が来た。

屋外の撮影を、日があるうちに済ませ、日が傾くと、『ヤマセ映像企画』のマイクロバスは、品川駅近くにあるホテルの駐車場に入った。

岡田が言ったとおり、山瀬卓造は見るからに柄の悪そうな男だった。年齢は四十五、六歳――だいたい長谷部と同じくらいだった。

撮影スタッフも一癖二癖ありそうな連中ばかりだった。

そのなかに、長谷部が混じっている。

「おい、長谷部」

山瀬が言った。「美和子ちゃんに、次の段取り、教えてさしあげろ」

長谷部は、脚本らしきものを手に美和子に近づいて行った。

彼はジーンズのジャンパーの内側を美和子に見せた。そこには、テレビでよく使う小型のワイヤレスマイクがついている。

本体は煙草の箱よりひと回り大きな箱型をしている。それに、長さ三センチ、直径七ミリほどのマイクロホンがつながっている。マイクはクリップで留めるようになっていた。

「こいつで拾った音を、外で井上が受信しているはずだ。これ、岡田がテレビ局から借りてきたらしい」

「なるほどね……」

「さ、いよいよ、密室だ。うまくやろうぜ」

「ええ……」

撮影隊はスイートの部屋にチェックインした。

「おっと……」

山瀬が岡田に言った。「撮影は二時間ほどで終わります。ロビーで待っていてくださいよ」

「マネージャーが立ち会うのは常識だろう?」

「私どもの常識では、ちょっと違うんで……」

山瀬が凄味のある笑いを浮かべた。

美和子がそのやりとりを見ていた。岡田はさりげなく美和子のほうを見た。美和子はかすかにうなずいた。

岡田は山瀬に言った。

「わかった……」

山瀬が顔を近づけて、ささやいた。「もともと、そっちが持ってきた話だ。今さらおたおたされちゃ困りますね」

「演技だよ。こうでもしないとタレントの手前立場がないだろう」

山瀬は再び凄味のある笑顔を見せた。

衣装係はメイク係と兼任で、スタッフのなかのただひとりの女性だった。

ベビードールやキャミソールを着て、ベッドの上で撮影。そのあとは、肩の出た水着を着て、バスルームでの撮影だった。

これまで美和子は肌を露出したことがあまりない。これは、最大の、そして最後のファン・サービスになるはずだった。

肌を露出するといっても、これくらいのビデオ撮影は、今どきのアイドルなら誰でもやっている。

問題はこのあとだった。

バスルームの撮影を終えると、山瀬は女性スタイリストに外へ出るように言った。

美和子は水着の上にバスローブを羽織った。

スタイリストが出て行くと、寝室でライトが点り、ビデオカメラが回り始めた。

いよいよ始まる——美和子は身構えた。

山瀬が言った。

「さあて……。そろそろ本番に行こうか。おい……」

カメラと照明以外のスタッフが美和子に迫ってきた。三人いる。

「何するのよ」

美和子は抵抗した。だが、あっさりと三人につかまり、ベッドに押し倒された。

音もなく影が動いた。

長谷部だった。彼は美和子をおさえつけている三人のうち、ひとりの襟首をうしろからつかんで引き立てた。

その男が、腹立たしげに長谷部のほうを向いたとき、長谷部は、顔面と胸の膻中のツボ、そして鳩尾の急所に、計五発の正拳を見舞った。
男は眠った。

美和子をおさえつけていたふたりが、罵声を上げて立ち上がった。

長谷部は、油断なくふたりを見ていた。

「野郎！」

ひとりがわめきながら殴りかかっていった。長谷部は、退がらず逆に一歩前へ出た。相手のパンチにそうように手刀を伸ばす。前腕のあたりがカウンターで相手の顎に決まった。

相手はよろめいた。

しかし、長谷部の活躍はそこまでだった。長谷部は一瞬、体を硬直させ、ゆっくりと床に崩れ落ちていった。

山瀬が、カメラの三脚を手にしていた。うしろから三脚で長谷部を殴ったのだった。

そろそろ、警察が踏み込んできてもいい――美和子は思った。

だが、誰もやってこなかった。

「ちっ。ケチがついたな。おい、この部屋、捨てて、移動するぞ」

山瀬が言った。

スタッフは手際よく美和子を縛り上げ、猿ぐつわを嚙ませた。

美和子は必死に暴れたが、無駄な抵抗だった。彼女は、濡れた水着の上にバスローブを羽織ったまま自由を奪われ、男たちに持ち上げられた。

彼らは、照明のスタンドが入っていた箱にすっぽりと美和子を収め蓋を閉じた。ややあって箱が持ち上げられるのを感じた。

何かトラブルが起こったに違いなかった。助かる方法はないかしら――美和子は必死で考えていた。

やがて、箱はどこかに乱暴に下ろされた。しばらくして、エンジン音が聞こえ、震動が伝わってきたことから、車に乗せられたことがわかった。

二十分ほどで車は停まった。この二十分が美和子にはひどく長く感じられた。狭く暗いところに閉じ込められていると時間の感覚がおかしくなる。

また人の手によって箱が運ばれるのがわかった。しばらくして、箱がしっかりとした床に置かれるのを感じた。

蓋が開いた。

まず眼に入ったのは、ライトを下げるための何本ものバーだった。

テレビのスタジオか映画の撮影所に違いなかった。

次に男たちの手が見えた。美和子は持ち上げられ、箱の外に運ばれた。黒い壁で四角く囲まれていた。簡単なセットだ。そのセットの中央に鉄パイプ製のベッドが置かれている。

そのベッドも黒く塗られている。美和子はそのベッドの上に放り出された。

ライトが点る。猿ぐつわが外された。

ライトを背にして山瀬が言った。

「高梨美和子を食えるとはうれしいねえ。心ゆくまで味わうとするか」

山瀬が近づいてきた。彼はナイフを持っていた。

「動くなよ。けがをするぞ」

そのナイフで美和子の頬をぴたぴたと叩いた。その冷たさにぞっとした。

山瀬はそのナイフをゆっくりと動かしていった。バスローブの前がはだけて、美和子のふとももが露わになっている。

ナイフはそのふとももまで下って、そこからまた這い上がってきた。山瀬は、そのナイフで美和子を縛っていたロープを切った。

そして、ベッドのマットにナイフを突き立てた。

美和子は、山瀬が静かにおおいかぶさってくるのを見ていた。

それまで彼女はじっとしていた。だが一転して素早く動いた。山瀬を突き飛ばし、突き立っていたナイフに手を伸ばした。届いた。

美和子はナイフを握り、山瀬の首にぴたりとあてがった。

「動かないで。本気で殺すわよ」

山瀬も、他のスタッフも凍りついたようになった。

さて、問題はこれからだ――美和子は思った。

そのとき、スタジオ内に、スピーカーから声が響き渡った。

「はい。オーケーです」

スタジオ中のライトが点(とも)って、急に明るくなった。

四方の黒い壁が倒れた。

そこにはたくさんの人が立っていた。人が輪を作ってセットを取り囲んでいる。

いっせいにクラッカーが鳴り始めた。

美和子は、何が起こったのかわからず、きょとんとしていた。

人の輪のなかに、殴り倒されたはずの長谷部がいた。井上がいた。

岡田も、ゼンさんも、事務所の社長もいる。その他、仲のよかったタレント、世話になったテレビ局のプロデューサーやディレクター、雑誌のライターなどがいた。

彼らは、クラッカーに続き、拍手を始めた。花束を持って歩み出た者がいた。

白水貴里子だった。

彼女は、はにかんだような、そして申し訳なさそうな笑顔を見せていた。

山瀬がうめくように言った。

「ナイフをこっちへ渡して花を受け取ったらどうです？」

美和子はまだナイフを山瀬の首にあてがったままだった。

彼女は言われるまま山瀬にナイフを渡し、貴里子から花を受け取った。

二階の副調室から、東テレのスペシャル番組担当プロデューサーが降りてきた。「オーケー」を出したのは彼だ。

そのときになって美和子はようやく事態が読めた。彼女は岡田に言った。

「……つまり、これが、あたしの引退イベントなのね？」

「そう。社長が思いついて、東テレのスペシャル班に持ち込んだんだ」

「長谷部さんも、井上さんも、ゼンさんも、そして貴里子ちゃんもみんな芝居をしてたわけね？」

「そう。君が先に帰った日、『ゼータ』で打ち合わせをしたんだ」

「この山瀬さんは……？」

長谷部がこたえた。

「見かけは悪いがな、俺が最も信頼している一流の映画屋だよ。名カメラマンだ」

「役者にもなれるわよ」

社長が言った。

「まあ、そうとんがるな。シンデレラは魔法が解けたあとで幸せになるんだ」

「そう」

井上がうなずいた。「このスペシャル番組が放映されたとき、シンデレラの魔法は解けるんだ」

シャンペンが抜かれ、皆で乾杯をした。

すっかりだまされたのだが、美和子は今、たいへん幸せな気分だった。

スタジオで解散したあと、いつものメンバーが『ゼータ』に集まった。

新しいメンバーがひとり加わっていた。白水貴里子だった。

「本気にしちゃったわよ」

美和子が貴里子に言った。

「ごめんなさい。でも、岡田さんからこの芝居を頼まれたとき、どうしようかと思っちやいました」

「たいした演技力だったよ」

岡田が言った。美和子がこたえる。

「当然よ。あたしが見込んだコですからね」

「そこでだ。白水貴里子ちゃんは、正式にウチと契約することになった。バンバン売ってみせるよ」

美和子は貴里子に向かって、うれしそうに言った。

「よかったわね！　マネージャーは頼りないけど、事務所はしっかりしているから安心よ」

「よせやい」

岡田が言う。「俺だって、普通のタレントの担当なら、こんなに苦労はしてないよ」

語らいの時が過ぎていく。やがて、美和子はこの『ゼータ』からいなくなる。だが、その夜、皆はそれを忘れることにしていた。

時計の針は午前一時をさしていた。

解説

関口苑生（せきぐちえんせい）
（文芸評論家）

今はどうなのかわからないが、かつて今野敏がアイドル好きだったというのは、一部では有名な話である。

たとえば、もう三十年近く前のことになるが、彼はとあるアイドルのファンクラブに入会していた（この話、前にもどこかで書いたような気がするが）。でまあ、あるときそのアイドルと一緒に行く、日帰りバスツアーというのが企画されたわけです。

今野敏、もちろん応募しました。

とはいえ、当時すでに今野敏は三十歳を超えたいいオヤジでありました。しかも職業は作家。さすがに、心のどこかしらに羞恥心やら自尊心やらの葛藤（かっとう）が渦巻き、もやもやした感情を抱えながら集合場所の新宿に向かったといいます。で、このとき今野先生はどうしたか。可愛いですよ。とりあえず集合地点の近くまで行くと、ビルの陰から顔を半分のぞかせて、そぉーっと様子をうかがってみたというんであります。お茶目ですね、今野敏の

〝家政婦は見た！〟。ともあれ、そんな具合に見ておりますと、あらまあ自分と同じような年齢のごっつい男性が結構いるんですね。今野先生たちまち意を強くして、日帰りツアーに参加したのであります。

ところが、これがちょっと尋常な人数ではなかった。まるで修学旅行なみの、大型観光バス五台を連ねたものだったのだ。集まったファンは次々とバスに乗り込み、やがてやって来たアイドルとともに、勇躍、目的地の河口湖に向かってスタート。しかし、それにしてもアイドルひとりにバス五台である。走行中はどうしていたかというと、サービスエリアやパーキングエリアのたびに、アイドルはバスを乗り換え「来ましたよぉー」。すると、それまでもの静かにしていた男どもは、一斉に「ウォーっ」と雄叫びをあげての熱烈歓迎だ。今野先生、当然その渦の中におりました。

冗談めいた口調で書いてしまったけれど、何を申し上げたいかというと、かくのごとく今野敏のアイドルに対する思いは、熱く激しく、半端なものではなかったということがまずひとつ。

もっとも、彼の場合はアイドルに限らず、ジャズ鑑賞、空手、整体、ガンプラ製作、射撃、スキューバ……などの好きで始めた趣味や習い事は、中途半端で終えることは一切なかった。すべてにおいて真面目に、一途に、律儀に続けてきた結果が現在の今野敏の血肉となっているると言ってもよいだろう。

それからもうひとつ。彼は大学卒業後、大手レコード会社に就職し、ディレクターとして何枚もレコードを作っている。言わば業界の人でもあったのだ。ということは、アイドルに関しても何かしらの情報を得ていたかもしれない。つまり今野敏は表（ファン）と裏（業界）の両方を生体験してきた、稀有な作家であったと言えやしないだろうか。こういう人物が、自分の小説の中にアイドルを登場させてみようと考えたとしても、決して不思議なことではない。

本書『デビュー』（初刊は『25時のシンデレラ』の題で、一九九二年ジョイ・ノベルスより刊行された）は、まさにそんな作者の願望（?）をすべて叶えた一作だ。

数ある今野敏の著作の中でも、極めつけの異色作と言っていいだろう。ヒロインは、十九歳のちょっとした秘密を持ったアイドル。そんな少女が、芸能界の裏側で次々と発生する難事件に挑んでいくのである。

他愛もない、なんてことを言ってはいけない。むしろこの他愛なさ——事件そのものは単純でも、アイドルに危機が迫るとハラハラどきどきし、事件が無事解決するとホッとするという、実に当たり前のストーリーが、途方もなく貴重なものに思えてくるのである。

つまりはそれが、ヒロインの魅力なのだとしか言いようがないのであった。

まさにアイドル小説なのである。が、実はこうしたタイプの作品は本書一作きりではない。百六十冊を超える今野敏の著作を子細に見ていくと、伝奇アクションだとか警察小説といった形で、ジャンル分けするのがどうにも難しい作品がいくつかある。まあ、それは良しとしよう。そういうことって、どんな作家にもきっとあるんだろうと思う。しかしこれが不思議なことに――今野敏の場合に限っては、そうした異色作品にこそある種の共通項が見られるのだった。

それがつまり、ヒロイン像なのである。

たとえば『遠い国のアリス』は、SFファンタジーと称していいパラレルワールドものだが、このヒロインが何と二十歳の少女漫画家なんである。いや、これが実に実に胸キュンの物語でありまして、仕事中はスウェットの上下を着て、すさまじい形相で机に向かっている少女が（と言っても一応成人なんですが）、仕事が終わった風呂上がりには、たっぷりとしたスカートに白いフィッシャーマンズセーター、髪はきちっとしたポニーテールという恰好（かっこう）で歩き回ってくれちゃったりなんかしたりするわけです。その模様を、声優の鷲尾真知子（わしおまちこ）か沢城（さわしろ）みゆき風のアシスタントが説明するというんだからたまらない。

あるいは『時空の巫女』では、冒頭の第一行目が「だからさ、今だからこそアイドルなんだよ」という台詞で始まる。新人タレントの発掘を依頼された男が、まず最初に言われる言葉だ。彼がイメージするアイドルとは、清楚で可憐、しかも妖艶。そして最大のポイントが神秘という要素であった。

「触れたら壊れそうなんだけれども、何ものも侵すことのできない神聖さを持っている。危うさの中にある聖なる強さ……」

最近のバラドルとは違う、純粋なアイドル性を求めるのだ。

アクション作家の〝私〟が主人公の超異色作『夢見るスーパーヒーロー』には、その具体例が描かれている。日本で一番敬愛しているSF作家が書いたジュブナイルの原作映画を見て、この作品でデビューしたヒロインに放心状態となってしまうのである。

「そこに完全な少女がいた」

とだけ作者は書く。それだけで、三十歳を過ぎた〝私〟が、あっさりと十代の気分にひたり、十六歳の彼女にまいってしまう気持ちを表現するのだった。

しかしながら、こうした例——ヒロインがアイドル性を備えているという作品は、他のシリーズ作品でも見られる現象ではある。比較的初期の作品《特殊防諜班》シリーズの芳賀恵理は長い髪を編まずに垂らした、紺色のセーラー服姿で登場する。さらにはまた《秘拳水滸伝》シリーズの長尾久遠も高校生で、こちらはいざとなると大日如来が降りてくるのだった。このふたりには、いずれも強烈な神秘性が感じられる。

安積警部補シリーズの一作『イコン』ではいち早く、バーチャル・アイドル有森恵美が登場する。しかもこの作品では、テレビに歌番組が多く見られた頃から始まる、日本のアイドル事情をえんえんと数ページにわたって展開するのだった。この部分だけを抜き出すと、まさに「論文」なのである。今野敏の、アイドルに対する思い入れの深さが尋常なものではないことの証左でもあろう。

ちなみに、わたし個人の好みで言えば『任俠学園』の沢田ちひろがヤバいです。おそろしく短い制服のスカート姿で、主人公の代貸・日村の真正面にしゃがむ彼女にパンツが見える旨を告げると、彼女は「えー、見せパンだから別にかまわねーよ」「生パンなら、ゼッテー見してやんねーよ」とこうだ。ワケわかんないけど、いいなあと思ってしまうのだ。

閑話休題。そこでさて本書のヒロインである。

高梨美和子。十七歳でカリフォルニア大学バークレー校を卒業し、十九歳で理論物理学と哲学の修士号を取った天才少女だ。今は本格的な博士論文をものしようと準備している最中である。身長は一五〇センチ。丸顔で童顔のため、どう見ても十六、十七にしか見えない。右に分けて、肩のあたりで切りそろえたくせのない髪。あどけない笑顔、天性の明るさは、アイドルなどうんざりするほど相手にしているマスコミ・芸能関係者にも新鮮な魅力を感じさせていた。

そんな少女が、虚飾にまみれた芸能界の裏で蠢く悪者たちを懲らしめていくのである。彼女に協力するのは、マネージャーの岡田二郎。空手の達人でスタントマンの長谷部修。そして作曲家兼アレンジャーの井上鏡四郎。読んでみればお分かりになると思うが、この三人の男は見事に他作品の主人公を彷彿とさせる（と同時に、作者・今野敏の分身ともなっているような気がする）。調整役の岡田、武闘派の長谷部、常に理性的な鏡四郎。彼らが集う六本木の裏通りにあるジャズ・バー『ゼータ』で事件の噂を知ると、たちまち美和子の正義感が発揮され、持ち前の頭脳で理不尽な状況を解決しようと図るのだった。

ただし、事件の内容はアイドルが主人公とはいえ、相当にえげつないものばかりだ。こんなことがあっていいものか、と誰もが憤るような出来事が進行していく。そこに美和子の鉄槌が下されるのである。とはいえ、もちろん本書に描かれていることはフィクションであるのはいうまでもない。

余談になるが、ジャズ・バー『ゼータ』の名前は、ジャズの世界のことはほとんど知らないので、そちら方面で何かしらの意味があっても不思議はないと思うのだけれども、わたしらの年代ではやはりＺ（ゼータ）ガンダムが思い浮かぶ。これは考えすぎか。

アイドルというのは、時代や世代によって考え方も変わっていくのだろうが、今野敏は本書で美和子の口を借りて力強くファンの気持ちを述べている。

曰く――「自分の好きな娘だけは別だ、と信じたいのよ。誰でも一度は、スクリーンやテレビのスター、そしてアイドルに本気で恋するのよ」

写真週刊誌などでスキャンダルがスクープされても、ファンはとことん信じる。このあたり、今野敏の魂が乗り移ったような言葉で胸に迫る。

ともあれ、近年の警察小説を中心として今野敏を読んできたファンの方々には、本書はどう映っただろうか。というよりも何よりも今野敏の世界は、まだまだずうっと奥深いものがあるのです。


（二〇一三年六月）

この作品はフィクションであり、物語に登場する人名・会社等の団体名・店名・地名等、実在するものとはいっさい関係ありません。

本書は一九九二年六月、小社より新書判で刊行された『25時のシンデレラ』(ジョイ・ノベルス)を改題し文庫化したものです。また、本作品の時代背景ならびに学説は一九九二年当時のままといたしました。

実業之日本社文庫 こ27

デビュー

2013年8月15日　初版第一刷発行

著　者　今野　敏

発行者　村山秀夫
発行所　株式会社実業之日本社
〒104-8233　東京都中央区京橋3-7-5 京橋スクエア
電話 [編集]03(3562)2051 [販売]03(3535)4441
ホームページ http://www.j-n.co.jp/
印刷所　大日本印刷株式会社
製本所　大日本印刷株式会社

フォーマットデザイン　鈴木正道（Suzuki Design）

ISBN978-4-408-55135-7（文芸）